http://www.bbulmedia.com

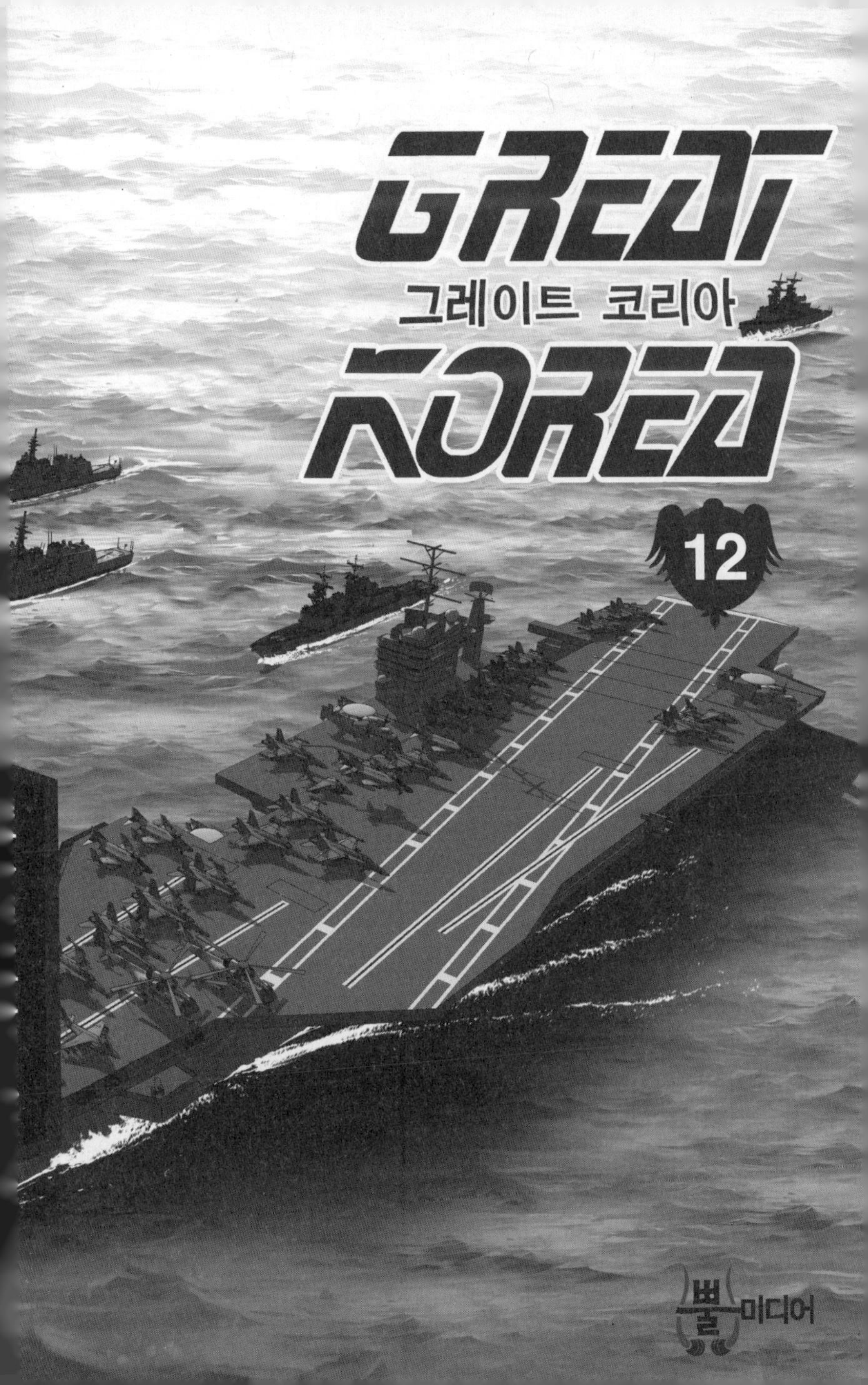
GREAT
그레이트 코리아
KOREA
12
뿔미디어

contents

1. 암류(暗流)   ··7

2. 첩보전   ··43

3. 대정화 운동   ··79

4. 청혼   ··119

5. 약혼 발표와 해프닝   ··155

6. 대선(大選)   ··191

7. 모의(謀議)   ··233

8. 국군의 날 행사   ··269

1.

암류(暗流)

강남의 한 음식점에 장년의 남자들이 모여서 저녁을 먹고 있었다.

　그런데 맛난 음식을 먹으면서도 그들의 표정은 무척이나 굳어 있었다.

　무언가 불만이 있는 듯 모두들 하나같이 심각한 표정에 아무런 말도 하지 않고 그저 자신의 앞에 따라진 술잔만 들이켤 뿐이었다.

　이들의 정체는 다름 아닌 국회의원들로, 여야의 중진 의원들이 모여 정국을 논의하기 위해 자리를 함께한 것이다.

　이들은 지금 어느 누구도 먼저 입을 열지 않은 채 서로의 눈치만 보는 중이었다.

민감한 내용이 오가게 될 이런 자리에서 먼저 말을 꺼낸다는 것은 자신의 패를 먼저 상대에게 내보이는 것과 다름없었다.

그 말인즉, 상대적으로 자신이 약하다는 것을 내보이게 되는 셈이고, 다시 말해 협상에서 손해를 봐야 한다는 소리였다.

그래서 서로 눈치만 보고 이야기를 하지 않는 것이다.

하지만 언제까지 서로 눈치만 보며 시간을 허비할 수는 없는 노릇이었다.

"우리 서로 눈치만 보지 말고 허심탄회하게 이야기를 해봅시다."

결국 보다 못한 여당의 원내총무인 황준표가 먼저 입을 열고 이야기의 물꼬를 텄다.

그러자 야당 쪽에서도 그에 대한 답변이 들려왔다.

"알겠습니다. 뭐, 우리 쪽 의견을 여당에서 수렴을 해준다면……."

야당 원내총무인 손익규 의원이 황준표 원내총무의 말을 받은 것이다.

처음 이야기를 꺼내는 것이 힘들었지, 황준표 의원이 물꼬를 트자 이야기는 빠르게 진행되었다.

그들은 한창 정책에 대한 방향을 협의하며 서로의 이익을 챙겨갔다.

그리고 어느 정도 협의가 마무리 되자 황준표 의원이 한마디를 꺼냈다.

"이제 정책 협상도 마무리되었는데, 내 한 가지 할 이야기가 있습니다."

또 무슨 할 말이 있는 것인지 황준표 의원이 입을 열자 여야 의원들이 고개를 갸웃거리며 그를 쳐다보았다.

자신에게 시선이 모이자 황준표 의원은 눈을 반짝이며 의미심장한 미소를 지었다.

"여러 의원님들, 천하 그룹을 어떻게 생각하십니까?"

갑작스런 질문에 의미를 알 수가 없어 고개를 갸웃거리는 의원들을 보며 황준표 의원은 계속해서 말을 이어갔다.

"천하 그룹이 이번 정권이 들어서면서부터 너무 독주를 하는 것 같다는 생각이 들어서 하는 말입니다."

현 정권에 대하여 비판하는 듯한 언급에 이 자리에 모인 의원들은 모두 흠칫한 표정을 지었다.

여당이나 야당을 가릴 것 없이 모두들 극히 조심스런 얼굴이 되었다.

뿐만 아니라 혹시나 하는 얼굴로 주변에 있던 동료 의원들의 눈치마저 살폈다.

그에 황준표 의원은 잠시 숨을 고르더니, 다시 자신의 의견을 이어 나갔다.

"여당 의원으로서 이런 말을 한다는 것이 조심스럽긴 하지만, 짚고 넘어가야 할 점은 짚고 넘어가야 할 것 같아 그럽니다."

"천하 그룹이 주요 국책 사업이나 국가 주도의 프로젝트를 맡는 비율이 너무 높다 보니 심히 우려가 되지 않을 수가 없습니다."

황준표는 마치 정경 유착을 고발하는 것마냥 부정적인 분위기를 몰아가기 시작하였다.

그가 여당의 원내총무이면서도 이런 말을 하는 것에는 사실 다른 속셈이 있었다.

내년 대통령 선거를 앞두고 당내의 여론이 심상치 않기 때문인 것이다.

현재 여당 내 대선 후보로 거론되는 몇몇 사람들 중에서 가장 비중 있게 떠오르고 있는 이가 바로 천하 그룹 정대한 회장의 3남이자 전 캄보디아 대사였던 정명수 차관이었다.

정명수 차관은 실적도 뛰어나지만 그 못지않게 그를 둘러싼 배경이 대단했다.

그가 재계 서열 3위에 올라 있는 천하 그룹의 로얄 패밀리라는 것은 결코 무시 못할 사실이었다.

더욱이 그의 부인이나 자식들도 말만 하면 다 알 수 있을 만큼의 사회적 명망을 쌓았다.

그의 부인은 유명한 디자이너인 동시에 많은 자원봉사 활동을 하는 것으로 널리 알려졌다.

그런 모친의 영향을 받아서인지 장녀인 정수정 또한 유명아이돌 그룹의 멤버이면서도 어려서부터 자원봉사는 물론, 대한민국을 외국에 알리는 민간 외교관 역할을 하는 등 타의 모범이 되었다.

장남인 정수한은 어려서 납치를 당했다가 장성해 집으로 돌아옴으로써 세간의 화제를 일으킨 것은 물론이고, 이후의 활약상을 통해 세기의 천재라 알려졌다.

그중에서도 정수한은 천하 그룹이란 집안의 도움 없이 자수성가한 입지적인 인물이기도 했다.

라이프 메디텍이란 재계 100위권 내에 드는 기업을 일궈낸 것은 물론이고, 대한민국 국방을 책임지는 획기적인 무기들을 개발한 개발자이기도 한 것이다.

그렇다고 그가 자신의 능력을 이용해 돈만 벌어들인 것은 아니었다.

많이 버는 만큼 엄청난 기부행위를 하여 사회적 이슈가 되기도 한 것이다. 급기야는 아예 재단을 만들어 재산 중 일부를 사회에 환원하며 모범적인 사례로서 이름을 널리 알렸다.

그런 요인 때문에 여당이든 야당이든 정명수 차관을 자신이 속한 정당으로 영입하기 위해 갖은 노력을 하고 있는 중이었다.

지금 여야 의원들이 모인 자리에서 그런 사실을 모르는 이는 한 명도 없었다.

그렇기에 마치 천하 그룹이 정권과 유착된 것처럼 포장했지만 황준표 원내총무의 속뜻은 그게 아님을 잘 알 수 있었다.

정명수 차관을 견제하고자 그런 말을 하는 것이다.

어차피 이 자리에 있는 여당 의원들은 황준표 의원의 계파에 속한 의원들이기에 어느 정도 언질을 받은 상황.

굳이 핵심을 짚어주지 않아도 눈치를 챌 수가 있었다.

한편, 야당 의원들은 황준표의 의도를 알지 못해 그저 아무 소리 없이 궁리를 할 뿐이었다.

'괜히 재계 서열 3위인 천하 그룹과 척을 질 필요가 있는가?' 하는 생각과 '지금 이 자리에서 그런 말을 꺼내는 의도가 무엇인가?' 하는 경계 섞인 마음이 머릿속을 복잡

하게 어지럽혔다.

그리고 과연 어떤 결론을 내리는 것이 자신들에게 더 이득인지 계산을 하느라 잠시 대화가 중단되었다.

❖　　❖　　❖

"아니, 이게 무슨 말도 안 되는 소립니까?"

지킴이 PMC의 문익병 사장은 느닷없는 정부의 제재(制裁)에 어처구니가 없어 소리쳤다.

"사장님, 저도 어처구니가 없기는 마찬가지입니다. 하지만 방위사업청에서 그런 공문이 내려왔는데 어쩝니까?"

하문수 실장은 자신에게 따지고 드는 문익병 사장에게 변명하듯 말을 꺼냈다.

사실 하문수 실장도 답답하기는 마찬가지였다.

직원 모집을 추가한 상태라 그에 필요한 장구류를 구매하기 위해 계약을 체결하려고 하였는데, 느닷없이 방위사업청에서 제동을 건 것이다.

지킴이 PMC에서 구매하려는 물품 중에 국가 전략물자가 포함되어 있어 제재를 하겠다는 내용이었다.

웃긴 점은 지킴이 PMC에서 구매하려는 물품이 바로 수한이 주인으로 있는 라이프 메디텍에서 생산하는 파워 슈트라는 것이다.

지킴이 PMC에게 파워 슈트는 기본 장구류였다.

그런데 그런 파워 슈트를 전략물자라는 이유로 구매를 하지 못하게 막는다는 것은 정말 말도 되지 않는 변명일 뿐이었다.

그런 논리에서라면 방위사업청에서 파워 슈트의 개발사인 라이프 메디텍에 그만한 이윤을 책임져 줘야만 했다.

라이프 메디텍이 물건을 판매하지 않음으로써 발생하는 손해를 그들이 책임져야 하는데, 그건 또 그렇지가 않았다.

즉, 방위사업청은 아무런 보상도 없이 라이프 메디텍의 정당한 거래 행위를 전략물자라는 말로 막은 것이다.

때문에 그로 인한 피해는 라이프 메디텍뿐만 아니라 지킴이 PMC도 함께 입고 있는 중이었다.

기본 장구류에 속하는 파워 슈트를 라이프 메디텍으로부터 구매하지 못하면 직원들의 안전을 보장할 수 없는 건 당연지사.

결국 현장으로 파견을 보낼 수 없기 때문이다.

물론 파워 슈트 없이 현장에 파견을 보낼 수는 있다.

하지만 그렇게 했다가는 직원들의 안전을 보장할 수 없으며, 만약 사고라도 터진다면 그 손해는 어디서 만회를 한단 말인가.

지킴이 PMC는 고위험에 노출되는 의뢰를 수행하기에 타사보다 많은 의뢰 비용을 책정하고 있다.

무엇보다 직원은 기계와 같은 부속이 아니다.

부상을 당하거나 사망에 이른다면 그것은 고스란히 회사의 손실로 적용된다.

그러니 지킴이 PMC는 고가의 장비인 파워 슈트를 구매해 직원의 안전을 확실하게 확보하면서 위험한 의뢰를 완벽하게 처리함으로써 이윤을 추구한다.

그런데 그것이 이제 어렵게 되었다.

더군다나 해외로 빠져나간 파워 슈트에 대한 벌금을 물리겠다는, 그야말로 말도 되지 않는 헛소리를 하고 있으니, 문익병 사장으로서는 분통이 터질 노릇이었다.

"이대로는 안 되겠군. 이건 분명 누군가 장난을 치는 것이 분명해."

문익병 사장은 이런 어처구니없는 공문이 날아온 것은 누군가의 음모가 분명하다고 판단을 하였다.

아무리 파워 슈트가 전략물자라고는 하지만, 그것은 엄연히 청와대와 사전 협약이 끝난 일이었다.

지킴이 PMC가 설립되고 정부가 처리하지 못한 구북한

특수부대원들을 수용하면서 청와대에서는 지킴이 PMC의 편의를 봐주겠다고 약속을 했다.

그런데 그런 약속이 3년도 채 되지 않은 시점에서 틀어진 것이다.

"나가봐!"

사실 문익병 사장도 너무 답답해 하문수 실장에게 큰소리를 쳤을 뿐이었다.

그의 잘못이 아님은 문익병 사장 또한 잘 알고 있는 사안이었으니.

잠시 노화를 가라앉힌 문익병 사장은 하문수 실장을 내보낸 뒤, 잠시 생각을 정리하다 전화기를 들었다.

"여보세요. 원장님, 오늘 시간 좀 되십니까?"

문익병 사장이 연락을 취한 것은 김세진 국정원장이었다.

수한이 쿠웨이트로 가면서 혹시 문제가 생기면 김세진 국정원장과 의논을 하라는 지시를 떠올린 것이다.

"예, 예. 알겠습니다. 그럼 오늘 저녁 8시, 서초동에서 뵙겠습니다."

김세진 국정원장과 미팅 약속을 잡은 문익병 사장은 다시 수한에게 전화를 걸었다.

쿠웨이트에서 돌아온 수한은 파주 연구소에 틀어박혀 한

창 연구에 매진하고 있었다.

하지만 방위사업청에서 내려온 공문의 내용이 워낙 심각하기에 알리지 않을 수가 없었다.

자신이 김세진 국정원장을 만나 이번 문제를 해결하지 못한다면 그것은 비단 국내만의 문제가 아니었다.

이미 계약이 체결되어 있는 미국과도 문제가 발생할 것이기에 수한에게 미리 보고를 해두어야 했다.

드르륵.

김세진 국정원장은 방 안으로 들어서며 인사를 하였다.

"이거, 제가 좀 늦었습니다."

김세진 국정원장은 문익병 지킴이 PMC 사장이 갑작스런 연락에 연유를 파악할 수가 없었다.

때문에 그 이유를 알아보기 위해 급히 이리저리 수소문을 하였다.

그러다 보니 약속 시간보다 조금 늦게 도착하게 된 것이다.

솔직히 다른 사람과의 약속이라면 별 개의치 않고 넘길 수도 있는 일이었다.

국정원장 정도 되는 직위에 있다면 그것은 당연하게 생각할 수도 있기에.

하지만 지킴이 PMC는 그렇게 쉽게 넘겨 버릴 상대가 아니었다.

이번 정권의 탄생부터 함께 보조를 맞춰오던 회사이다 보니 김세진 원장도 조심스럽게 대할 수밖에 없었다.

더욱이 지킴이 PMC가 가진 역량은 아무리 국정원장이라 해도 가볍게 넘길 사안이 아니었다.

막말로 국정원 내의 특수팀도 지킴이 PMC에 위탁 교육을 보낼 정도로 의존하는 바가 높지 않은가.

그런 이유로 김세진 국정원장은 확실한 명분만 있으면 지킴이 PMC에게 양보를 하는 편이었다.

"아닙니다. 국가를 위해 일하시는 분이 늦는다는 것은 당연한 일이니 마음 쓰실 필요가 없으십니다."

문익병 사장은 가볍게 말을 받으며 김세진 원장을 맞이했다.

"일단 자리에 앉아서 이야기하시지요."

부드럽게 권하는 문익병 사장의 행동에 김세진 국정원장은 조심스럽게 자리에 앉았다.

사실 그는 오늘 무슨 문제로 문익병 사장이 자신을 보자고 한 것인지 알아보느라 정신이 하나도 없었다.

지킴이 PMC나 라이프 메디텍에 관한 사안은 따로 담당을 두어 처리할 정도로 신경을 쓰고 있었다.

한데 자신이 국정원에서 나올 때까지도 무슨 이유에서인지 정보가 올라오지 않아 시간이 늦어졌다.

국정원에서 이들 회사를 따로 관리하는 이유는 단순했다.

국가 전략 부문에 있어 그 역할이 두루 걸쳐져 있기 때문이다.

그리고 두 회사의 실질적인 소유주인 수한도 그 영향력이 지대했다.

정보가 알려질수록 너무 대단한 업적을 믿지 못하고 오히려 황당해지는 경황이 있기는 하지만, 그가 국가에 미치는 영향은 결코 적지 않았다.

그의 집안인 천하 그룹 전체와 비견해 봐도 결코 처지지 않을 정도로 정수한 박사가 대한민국에 미치는 결과는 엄청났다.

그렇기에 수한에 대해서는 따로 관리를 하는 것이었다.

그야말로 대한민국의 근간이라고도 할 수 있기에.

한데 김세진 원장은 자리에 앉으며 문익병 사장이 무엇 때문에 자신을 보자고 한 것인지 이유를 알게 되었다.

그로서는 참으로 기가 막혀 한동안 멍해 있을 수밖에 없었다.

쪼르륵!

조용히 자리에 앉아 생각을 정리하고 있는데, 물 따르는 소리가 들리자 그제야 김세진 원장은 정신을 차렸다.

"이런, 제가 결례를 하였군요."

김세진 원장이 생각에 골몰해 있는 동안 문익병 사장이 그의 잔에 술을 따라 준 것이었다.

고급 음식점인지라 사기 주전자에서 흘러나온 술이 술잔에 담기자 맑은 약주의 향이 방 안 가득 풍겼다.

그와 동시에 정신이 맑아지는 듯한 느낌이 확 들었다.

"향이 참 좋습니다."

분위기를 풀어볼 요량으로 김세진 원장은 웃으며 덕담을 건넸다.

그런 김세진 원장을 보며 문익병 사장도 마주 웃으며 대답을 하였다.

"예. 옥류관에 백두산 산삼주가 들어왔다고 해서 한 병 가져왔습니다. 이게 피로 회복과 정력에 그렇게 좋다고 합니다. 한잔 쭉 들이켜시지요."

"그럴까요?"

"건배."

쨍!

"웃!"

"캬! 확실히 온몸이 짜릿한 것이… 좋군요."

백두산 산삼주라고 들어서인지는 몰라도 목을 타고 넘어
가는 것이나 먹고 난 뒤 입 안에 맴도는 산삼의 향이 정신
을 더욱 맑게 해주는 것 같았다.

"문 사장님 덕분에 좋은 것을 먹어보는군요."

"아닙니다. 제가 원장님을 만난다고 하니 박사님께서 주
신 것입니다."

문익병 사장은 수한이 일부러 챙긴 것이라며 슬쩍 이야기
를 흘렸다.

그 말에 김세진 원장은 정신이 번쩍 들었다.

그리고 지금 이 자리가 그저 우의를 다지기 위한 자리가
아님을 다시 한 번 상기하였다.

"아, 그렇습니까? 정 박사님께 좋은 것을 보내주셔 감사
하다 전해 주십시오."

"그런 것이라면 한 입 건너뛰는 것보단 직접 하시는 것이
좋지 않겠습니까?"

"아, 예."

사실 김세진 원장은 비록 나이는 어려도 감히 범접하기

힘들 만큼 강력한 카리스마를 가지고 있는 수한을 대하기가 무척이나 껄끄러웠다.

더욱이 좋은 일로 만나는 것도 아니고, 약속을 어긴 일에 대하여 이의를 제기하는 자리인지라 직접 말을 주고받기가 난감하였다.

솔직히 수한이 나이는 어릴지 몰라도 전생에 대한 기억과 9클래스를 정복한 현자가 아닌가.

이미 깨달음의 경지가 인간의 범주를 넘어선, 과거 위대한 성인들 반열에 들어선 존재가 바로 수한이었다.

그러다 보니 수한은 가만히 있어도 범접하기 힘든 오라를 발산하고는 했다.

물론 수한을 어떤 마음으로 바라보느냐에 따라 전해지는 감정도 천차만별이었다.

가족이나 파이브 돌스처럼 수한을 각별하게 생각하는 이들은 온화함이나 인자함, 그리고 충족감과 안도감 등 긍정적인 감정의 영향을 받는다면, 수한을 적대하는 이들은 위압, 두려움 내지는 공포를 느낄 것이다.

그런데 김세진 원장은 또 달랐다.

가족들처럼 가깝지도 않고, 그렇다고 적대하거나 대응하려는 것이 아닌 거래 관계에 위치하는 것이다.

그래서 그는 두려움이나 공포를 느끼지는 않더라도 위엄이나 위압 같은, 절대 함부로 하지 못할 존재라 느껴졌다.

나이 어린 이에게 그런 느낌을 받는다는 것 자체가 국정원장인 김세진에게는 무척이나 생소한 느낌이었다.

그렇기 때문에 직접 말을 하기가 꺼려지는 것이기도 했다.

그런 김세진 원장의 감정을 알기에 문익병 사장도 일부러 수한을 언급했다.

"그런데 오늘 보자고 한 것은 아무래도 방사청에서 내려간 공문 때문이겠지요?"

김세진 원장은 분위기 쇄신을 위해 오늘 문익병 사장이 전화를 한 이유로 바로 논점을 바꿔 버렸다.

"예. 비록 저와 맺은 계약은 아니지만 그 문제에 대해서는 이미 정부에 허락을 받은 것이라 알고 있었는데, 갑자기 하급 기관에서 이상한 이유로 방해를 한다는 것에 적잖이 당황스럽습니다."

문익병 사장은 청와대에서 허락한 일을 어째서 지금에 이르러 방위사업청에서 방해를 하는 것인지 이유를 물었다.

사실 지킴이 PMC 직원들에게 회사에서 파워 슈트를 지급하는 문제는 이미 대통령의 허가를 받은 사항이었다.

그리고 지킴이 PMC가 해외 활동을 하는 것 또한 정부의 요구 때문에 그리된 것이다.

미국은 현재 중동에서 벌어지고 있는 IS와 전쟁에 한국 군 파병을 계속해서 요구해 왔는데, 대한민국 정부는 국내의 혼란스런 문제를 언급하면서 지킴이 PMC를 파견하는 것으로 합의를 보았다.

비교적 낮은 비용으로 미국의 요구를 들어주는 셈이기에 청와대는 지킴이 PMC의 해외 진출에 적극적으로 도움을 주기도 하였다.

어찌 보면 계륵과 같은 존재인 구 북한 특수부대원들을 대거 수용해 문제를 해결하고, 또 그들의 생계도 책임져 주면서 해외에서 달러도 벌어들일 수 있어 그야말로 일거양득(一擧兩得), 아니, 일거다득(一擧多得)이었다.

다만, 파워 슈트를 외부로 반출할 때는 꼭 정부의 허가를 받아야 한다는 단서를 달았을 뿐이다.

한편으로는 라이프 메디텍에서 새로운 파워 슈트가 생산되면 대통령 직속부대인 AS에 우선 지급을 하는 것으로 계약을 맺기도 하였다.

그 때문에 수한이 정부의 요구에 맞춰 새로운 파워 슈트인 스파르탄과 리퍼를 개발한 것이다.

아무튼 문익병 사장은 지금 김세진 원장을 통해 청와대가 의도적으로 약속을 어긴 것인지 확인하려 했다.

만약 정말로 청와대가 약속을 저버리고 그런 공문을 내려보낸 것이라면, 앞서 계약했던 모든 과정을 언론과 국회에 알릴 생각까지 한 채로.

"아무래도 방사청장이 사안의 중요성을 잘못 알고 독단으로 그런 판단을 내린 것 같습니다. 이번 일은 제가 잘 처리할 테니, 너무 심려치 마십시오."

문익병 사장이 무슨 의도로 이런 자리를 마련했는지 잘 알고 있는 김세진 원장은 얼른 그를 달랬다.

그러면서 자신의 선에서 처리할 테니 그에 대해 섭섭한 마음을 갖지 말라는 의미의 말을 하였다.

"아, 그렇습니까? 그럼 저희는 원장님의 말씀을 믿고 계획대로 일을 추진해도 아무런 문제가 없겠습니까?"

"예, 아무 문제 없을 테니 그 공문은 상관하지 마시고 지금까지 해오던 대로 하시면 됩니다."

김세진 원장은 최대한 좋게 이야기를 꺼내면서도 머릿속으로는 생각을 거듭했다.

먼저 이런 엉뚱한 일을 만든 방사청장을 만나 무슨 경위로 이런 조치를 취하게 되었는지 자세히 알아봐야겠다는 필요성을 느꼈다.

'뭔가 있어. 그 새가슴인 방사청장은 독단으로 그런 일을 할 위인이 아니야. 내 좀 자세히 알아봐야겠군.'

문익병 사장에게는 안심하고 일을 추진하라 하면서도 김세진 원장은 이번 일을 결코 그냥 넘겨 버릴 생각이 없었다.

보신주의(保身主義)에 입각해 자신의 몸을 철저히 사리는 방위사업청장이 이런 엉뚱한 일을 독단으로 처리했을 리가 없다.

자신의 판단에 확신을 내린 김세진 원장은 내막을 자세히 알아봐야겠다는 결심을 하였다.

뭔가 생각에 잠긴 김세진 원장의 얼굴을 보며 문익병 사장은 오늘 만남의 목적을 충분히 이루었음을 확신했다.

그는 술잔을 기울이며 속으로 미소를 지었다.

울산 현재 중공업.

이곳에는 지금 많은 내외국인들이 현재 중공업이 진수하는 한국형 순양함 3번함의 진수식을 보기 위해 모여 있었다.

한국형 순양함이란 페르시아만에서 IS를 맞아 쿠웨이트 해방 작전을 진두지휘했던 함정을 나타내는 것이었다.

당시 뛰어난 활약을 펼친 해모수함을 1번함으로, 2번함인 주몽함, 그리고 오늘 진수되는 3번함인 왕건함이 바로 그 주인공이었다.

  그리고 4번함이자 이성계함이라 명명될 함정이 거제 삼정 조선소에서 건조되고 있는 중이다.

  대한민국은 3면이 바다로 둘러싸인 국가이다.

  상황이 그렇다 보니 바다가 무척이나 중요한 자원이고, 또 세력을 뻗기 위해선 바다를 개척해야만 했다.

  그렇지만 그동안 대한민국은 바다에 눈을 돌릴 여력이 없었다.

  같은 민족이면서도 상반된 이데올로기 탓에 늘 북한 정권과 갈등을 빚고, 또 첨예한 대립을 하다 보니 육군 위주의 전력 증강에만 힘을 쏟아야만 했다.

  하지만 남북한이 통일된 이후, 통일 대한민국은 육해공군의 균형 있는 발전을 도모하며 그에 대해 부단한 노력을 쏟았다.

  그런 가운데 가장 먼저 대두된 것이 해군이었다.

  3면이 바다인 탓에 자국의 영해를 지키기 위해서는 현대 해군에 걸맞은 첨단 군함이 필요했다.

  그리하여 노후화된 군함들을 퇴역시키고, 오랜 연구 끝에 한국형 순양함인 해모수 급 순양함을 건조하게 되었다.

1번함 해모수를 필두로 한민족 역사에 등장하는 위대한 국가 시조의 이름을 딴 순양함이 속속 만들어져 갔다.

3면의 바다를 지키고, 또 세 개 함대에 한 개의 기동 전단을 운영하는 한국 해군의 특성에 맞게 네 척의 한국형 순양함 건조 계획이 마침내 결실을 거두고 있는 중인 것이다.

그리고 오늘 그 세 번째 함인 왕건함이 진수식을 거행할 준비를 하고 있었다.

귀빈석에 앉아 왕건함의 진수식이 거행되길 기다리며 지루한 시간을 보내던 윤재인 대통령.

왕건함의 제원이 적혀 있는 카탈로그를 읽고 있던 그는 자신의 뒤로 다가와 귓속말을 전달하는 길성준 비서실장의 말에 고개를 돌렸다.

"그가 무슨 일로 여기까지 찾아온 것인가?"

"그건 자세히는 모르겠지만, 무척이나 중요한 일 같습니다."

길성준 비서실장은 자신 또한 내용을 알지 못한다며 말을 전했다.

할 수 없이 윤재인 대통령은 주변에 양해를 구하고 자리에서 일어났다.

윤재인 대통령 옆에는 각기 미국과 중국 대사가 자리하고 있었다.

전통적 우방인 미국과 그에 버금가는 군사력을 가지고 있으면서도 국경을 맞대고 있는 중국 대표.

둘 모두 대한민국의 순양함인 왕건함의 진수식을 지켜보기 위해 함께 자리하고 있었다.

그만큼 한국형 순양함의 존재는 중요하다고 볼 수 있었다.

그런데 이런 중요한 순간에 윤재인 대통령이 자리를 비워야 할 일이 발생한 것이다.

어찌 보면 손님을 초대해 놓고 주인이 자리를 비우는 것과 같은 상황.

하지만 미국이나 중국 대사에게 오늘 중요한 것은 대통령의 참석 유무가 아닌, 한국형 순항함의 존재를 파악하는 것이라 그리 신경 쓰는 눈치는 아니었다.

아무튼 양해를 구하고 자리를 벗어난 윤재인 대통령은 따로 자리를 마련해 자신을 기다리고 있는 김세진 국정원장을 만나러 갔다.

"그래, 무슨 일이기에 행사가 시작도 되기 전에 날 찾은 것인가?"

김세진 국정원장의 모습을 확인한 윤재인 대통령은 인사를 건네기도 전에 다짜고짜 용건을 물었다.

조금이라도 빨리 이야기를 끝내고 진수식이 벌어지는 행사장으로 돌아가기 위해서였다.

현재 자신이 신경을 써야 할 사항은 그리 없고, 또 국정원장이 직접 보고를 할 사항도 없는 것으로 알고 있었다.

한데 국정원장인 그가 직접 이곳 울산까지 찾아와 자신과 면담을 하려 하니 조금 의아스러웠다.

미국과 중국의 대사가 기다리고 있는 행사장으로 가는 것이 현재 윤재인 대통령이 알고 있는 가장 중요한 일정이었다.

아무리 통일을 이룩한 상태라고는 하지만, 아직 대한민국은 주변국의 눈치를 봐야 하는 사정이었다.

그랬기에 미국과 중국의 대사를 기다리게 한다는 것은 국익에 방해 요소가 될 우려가 있기에 조금은 불편한 심기를 김세진 원장에게 보이는 것이다.

그런 윤재인 대통령의 심정을 아는지 모르는지, 김세진 국정원장은 차분하게 서류 봉투 하나를 대통령에게 내밀었다.

"이게 뭔가?"

말없이 서류 봉투를 내미는 김세진 국정원장을 보며 윤재인 대통령이 물었다.

"어제저녁에 지킴이 PMC의 문 사장을 만나고 받은 물건입니다."

김세진 국정원장의 무미건조한 말투에 뭔가 문제가 생겼다는 것을 깨달은 윤재인 대통령은 인상을 구기며 서류 봉투를 열었다.

그러고는 안에 들어 있던 서류를 꺼내 읽기 시작하더니, 곧 조금 전보다 더 심하게 얼굴이 일그러졌다.

"이런 일이 있는데 왜 나한테 보고가 올라오지 않는 것인가!"

윤재인 대통령은 읽고 있던 서류를 집어 던지며 버럭 호통을 쳤다.

방금 전 윤재인 대통령이 읽은 것은 방위사업청에서 지킴이 PMC에 보낸 공문이었다.

파워 슈트의 외국 반출 행위를 금지한다는 내용과 그동안 정부의 허가 없이 불법으로 반출한 것에 대한 벌금을 물리겠다는, 그야말로 말도 되지 않는 내용이었다.

공문을 다 읽은 윤재인 대통령은 머리끝까지 화가 치밀었다.

급기야 자신의 인가도 없이 무턱대고 공문을 발부한 방위사업청장의 저희가 의심되었다.

분명 그 자신이 직접 지킴이 PMC와 거래를 맺어 허가를 내려주었는데, 방위사업청에서 자신도 모르게 공문을 보내다니.

그 내막 속에 뭔가 있다는 생각이 들었다.

"행사가 끝나면 바로 청와대로 들어갈 테니, 방사청장 들어오라고 하세요."

윤재인 대통령은 뒤에 서 있는 길성준 비서실장에게 지시를 내렸다.

원래 왕건함의 진수식이 끝난 뒤에는 여러 나라의 대사들과 만찬이 마련되어 있었다.

어찌 보면 성공적인 순양함 건조에 따른 각국의 속내를 읽어볼 수 있는 자리인 것이다.

한데 그런 일정을 취소하고 청와대로 복귀를 한다는 말에 길성준 비서실장은 잠시 망설였다.

만찬 자리의 중요성을 짚어줘야 하겠지만, 윤재인 대통령의 굳어진 표정을 보고는 입을 다물 수밖에 없었다.

사실 이번 진수식에는 굳이 대통령이 직접 참석할 필요가 없긴 했다.

총리나 국방부 장관이 대신 참석해도 될 일이었는데, 굳이 윤재인 대통령이 참석한 이유는 따로 있었다.

날이 지날수록 선박 건조 업체들의 적자가 심화되고 있기에 오늘 왕건함의 진수식을 맞아 한국 해군의 군함 건조 기술을 선보이며 세일즈 외교를 하기 위해서였다.

미국이나 중국은 모르겠지만, 그밖의 다른 나라는 충분히 관심을 보일 것이라 생각되었다.

하여 부푼 기대를 안고 자리를 마련하였는데, 생각지도 않은 변수로 인해 일정이 틀어지고 만 것이다.

윤재인 대통령이 화를 내는 이면에는 바로 그런 점까지 포함되어 있었다.

대통령이 국정을 수행하는 데 있어 결코 한 가지 이유만으로 일정을 잡지는 않는다.

단순한 스케줄이라도 그 안에는 여러 가지 의미가 복합적으로 포함되어 있는 것이다.

이번 진수식 참석만 해도 단순히 환영 행사만이 아니라이 기회를 통해 세계 각국에 대한민국 해군의 저력을 보여주어 감히 도발하지 말라는 경고와 함께 기술의 뛰어남을 강조하여 수주 계약을 맺자는 의미가 담겨 있는 것이다.

아무튼 그렇게 기대하던 자리였는데, 엉뚱한 일로 일정이 변경되고 말았다.

지시를 받은 길성준 비서실장은 바로 대통령의 일정을 조절하기 위해 움직였다.

한편, 단호한 일처리를 지켜보던 김세진 국정원장은 윤재인 대통령이 자신이 생각한 것보다 더욱 심각하게 이번 사안을 받아들이고 있음을 깨달을 수 있었다.

◆   ◆   ◆

"청장, 이게 어떻게 된 일입니까?"

윤재인 대통령은 왕건함의 진수식이 끝나자마자 모든 일정을 뒤로한 채 청와대로 복귀하였다.

그러고는 미리 와서 대기하고 있던 박세기 방위사업청장을 집무실로 불러들여 물었다.

"저, 그, 그것이……."

"왜 제대로 말을 하지 못하는 것입니까? 지금 이게 어떻게 된 일인지 묻고 있지 않습니까?"

윤재인 대통령은 제대로 대답을 하지 못하고 우물쭈물하는 박세기 청장의 모습에 더욱 크게 호통을 쳤다.

"도대체 무슨 일을 꾸미고 있는 것입니까? 예? 어디 한번 말해보세요!"

계속되는 질책에 박세기 청장은 그저 고개만 숙일 뿐이었다.

'제길, 내 이럴 줄 알았다.'

사실 박세기 청장은 지킴이 PMC에 공문을 보내기 전에 무척이나 고민을 했다.

하지만 여야 의원들이 하도 전화를 해 대는 통에 어쩔 수 없이 서류에 도장을 찍고 말았다.

언제부터인가 고위 공무원들은 정치권의 눈치를 보기 시작하였는데, 국회의원들이 국정감사를 자신들의 권력을 표출하는 장으로 만들면서 그런 현상이 벌어졌다.

그러다 보니 공무원들은 질책을 받지 않기 위해 그들의 청탁을 하나둘 들어주게 되었다.

어느새 공무원이 국회의원의 눈치를 보는 자리가 되고 만 것이다.

방위사업청의 수장인 박세기 청장도 그런 위인 중 한 명이었다.

사실 그는 예전 일신 그룹의 청탁을 받아 경고를 먹은 적이 있었다.

그나마 그 뒤로는 별 탈 없이 자리를 지키고 있었는데, 이번에는 어쩔 수 없이 옷을 벗어야 할지도 모른다는 생각도 들었다.

청탁을 넣은 여야 의원들이 자신을 지켜주겠다고 약속을 했지만, 지금 보여주는 대통령의 서슬 퍼런 기세에 그런 약속이 지켜질 리는 만무했다.

그러니 어느 정도까지 추락하게 될지 장담을 하지 못하는 박세기 청장이었다.

예전 정권이었다면 박세기 청장이 이토록 고민을 하지는 않았을 것이다.

어차피 대통령이라 해도 국회의원들을 무시한 채 막무가내로 국정 운영을 해 나갈 수는 없기 때문이다.

하지만 현재 대통령 자리에 있는 이는 윤재인이었다.

한반도를 통일시킨, 그야말로 권력의 정점에 올라 있는 존재인 것이다.

자세한 내막은 모르지만, 윤재인 대통령의 집권 초반 북한의 전쟁 도발로 인해 지지율이 극도로 나빠진 적도 있었다.

하지만 전화위복이 되어 오히려 한반도가 통일이 되는 기적이 일어났다.

대통령 직속 특수부대가 북한에 침투를 하여 정권을 붕괴시키고 휴전선 일대에 주둔하던 북한군 지휘관들을 무력화시킨 것이다.

거기에 최대의 위협이라 할 수 있는 핵무기와 핵 시설마저 확보하였다.

윤재인 대통령의 업적은 거기서 그치지 않았다.

사후 처리도 무척이나 깔끔하게 이루어졌는데, 동맹인 미국이나 국경을 맞댄 중국으로부터 핵무기를 공식적으로 인정받은 것이다.

이는 대한민국 외교의 크나큰 성과였다.

지금까지 미국은 새로운 핵무기 보유국이 탄생하는 것을 극구 저지해 왔다.

아니, 미국뿐 아니라 기존에 핵을 가지고 있던 강대국 어디라도 같은 행동을 했다.

하지만 대한민국은 단숨에 핵무기 보유국 승인을 얻어낸 것이다.

그것 하나만 봐도 대한민국 국민들에게 윤재인 대통령의 업적은 엄청났다.

감히 트집을 잡을 수도 없을 만큼 확연히 드러나는 업적이었고, 덩달아 지지율도 급상승하였다.

일부에선 윤재인 대통령에게 종신 대통령이 되어줄 것을 요청하기도 할 정도로 인기와 지지율이 상승하였다.

물론 그런 요청은 윤재인 대통령이 헌법에 위배되는 일이라며 고사(苦辭)하며 그저 해프닝으로 끝나기는 했지만, 어찌 되었든 현재 윤재인 대통령이 하는 정책에 이의를 제기하는 일은 있을 수 없는 일이다.

그런데도 박세기 방사청장이 청탁을 받아들여 일을 꾸민 데에는 나름의 계산이 있었다.

화려한 업적을 쌓은 윤재인 대통령이지만, 이제 그에게 남은 임기는 1년 남짓.

1년만 잘 버티면 어떻게든 될 거라 생각을 하고, 이후 권력을 얻게 될 여야 의원들의 약속을 들어준 것이다.

그러나 그런 박세기 청장의 기대와 달리 대통령의 반응은 그야말로 극단적이었다.

결국 여야 국회의원들의 약속과 별개로 자리를 보존하는 것은 이미 글렀다는 판단이 들었다.

"왜 말이 없습니까? 도대체 무슨 생각으로 그런 것입니까?"

"그, 그것이……."

계속되는 추궁에 박세기 청장은 어쩔 수 없이 자신이 받은 압력과 청탁에 대한 내용을 윤재인 대통령에게 털어놓을 수밖에 없었다.

여기서 잘못 판단을 내렸다가는 그동안 힘들게 쌓아온 기반마저 모조리 날아갈 판국이었으니.

비록 이번 일로 자신은 옷을 벗게 되겠지만, 그래도 연금만은 지켜야 하지 않겠는가.

제 나름대로 수십 년간 국가를 위해 노력해 왔다고 착각하는 박세기 청장이었다.

과연 끝까지 추한 면모를 버리지 못한 박세기 청장은 자신에게 청탁을 넣은 의원들의 명단을 전부 공개했다.

즉, 자신의 연금을 지키기 위해 대통령과 딜을 한 것이다.

박세기 청장으로부터 명단을 넘겨받은 윤재인 대통령은 그야말로 기가 막혔다.

"이게 사실인가?"

"그렇습니다. 오죽했으면 제가 서류에 사인을 했겠습니까? 야당에서만 그랬다면 저도 거부했을 테지만, 여당의 원내총무인 황준표 의원으로부터 연락이 왔기에 어쩔 도리가 없었습니다."

"아니, 그자는 전에도 한 번 그런 일로 문제를 일으키더니만, 이번에 또……."

윤재인 대통령은 황준표 여당 원내총무의 이름이 언급되자 개탄을 금할 수가 없었다.

4년 전에 진행되었던 차세대 주력 전차 선정 과정.

그때도 황준표 의원은 일신 그룹의 로비를 받아 방위사업청에 압력을 행사했다.

당에 큰 손해를 끼친 그 일로 말미암아 한동안 입지가 흔들리기도 했지만, 어느새 재기에 성공하여 다시 한 번 원내 총무의 자리에 올랐다.

그것만 보면 아예 능력이 없는 것은 아닌 듯했다.

문제가 그 능력을 국가와 민족을 위해 사용하는 것이 아니라 사리사욕을 채우기 위해 사용한다는 점이었다.

윤재인 대통령은 그 점이 너무도 안타까웠다.

하지만 안타까운 것은 안타까운 것이고, 이번 기회에 그를 더 이상 활개 치고 다니게 놔두면 안 되겠단 생각이 들었다.

"나가보시오."

윤재인 대통령은 차가운 태도로 박세기 청장을 집무실에서 쫓아냈다.

그러고는 밖에 있던 길성준 비서실장에게 지시를 내렸다.

"길 실장, 김세진 국정원장을 불러주게."

윤재인 대통령은 중대한 결단을 내리려는 듯 깍지 낀 두 손 위로 턱을 괴며 깊은 생각에 잠겼다.

2.
첩보전

향원(鄕園)은 강남에 있는 유명한 요리집이다.

이곳이 유명해진 데에는 뛰어난 음식 맛도 있지만, 그와는 다른 특별한 점이 존재했다.

전통 한옥을 개조한 향원은 각 건물마다 독립된 구조로 되어 있어 비밀스런 만남을 갖거나 이야기를 나누기에 안성맞춤이었다.

지금 이곳 향원의 가장 깊은 별채에서는 일단의 사람들이 모여 친목을 다지고 있었다.

"하하하! 이거, 이번에 손 원내총무의 도움이 컸습니다."

황준표 원내총무는 야당의 원내총무인 손익규 의원을 보

며 그렇게 공치사를 하였다.

무섭게 급부상하고 있는 천하 그룹을 흔들기 위해 두 사람은 손을 잡았다.

그런 후, 천하 그룹을 바로 건드리지는 않고 나름 머리를 굴렸다.

천하 그룹과 직접적인 연관은 없지만, 어떻게 보면 많은 관련이 있는 라이프 메디텍과 지킴이 PMC를 흔든 것이다.

두 기업은 정대한 회장의 손자인 정수한이 실질적인 주인으로 있는 회사였다.

명목상으로 대표이사와 사장이 따로 있긴 하지만, 거의 대부분의 주식을 수한이 소유하고 있었다.

수한이 가지고 있는 회사를 흔들어 경영의 어려움이 있을 때, 정대한 회장이 두 회사를 도와주는 것을 빌미 삼아 세금 포탈 명목으로 회사를 분리한 것뿐이라며 고소를 할 예정인 것이다.

물론 그것이 사실이든 거짓이든 두 사람에게는 하등 상관 없었다.

황준표 의원의 주목적은 바로 자신을 한때 힘들게 했던 천하 그룹에 복수를 하려는 것이기 때문이다.

그 어떤 정치자금도 지원하지 않으면서 자신을 해코지했

다고 여기는 천하 그룹에 엿을 먹이려는 것이다.

자신이 잘못한 것은 생각도 않고 천하 그룹을 해코지하려다 도리어 당한 것을 복수하겠다고 덤비는 황준표였다.

손익규 또한 비록 정적인 황준표지만 같은 정치인으로서 마치 자신이 당한 것마냥 천하 그룹 흔들기에 동참했다.

그 또한 황준표와 똑같은 동류.

국가의 이익이나 국민의 이득은 전혀 신경 쓰지 않는 위인이긴 마찬가지였다.

편향적 사고에 빠져 오로지 자신의 말만이 진리라 생각하는, 그런 한심한 족속이었다.

그렇기 때문에 야당 내에서도 손익규를 반대하는 의원들이 상당하였다.

다만, 그가 원내총무를 맡을 수 있던 것은 그만큼 정치적 감각이 뛰어난 탓이었다.

자신의 세가 분리할 때는 정적인 여당과 손을 잡고 국정을 농단(壟斷)하는 등 정말로 황준표와는 짝짜꿍이 잘 맞는 파트너였다.

그렇기에 대립하는 중에도 서로 손을 잡고 천하 그룹을 흔드는 데 동참을 한 것이다.

"뭐, 그런 걸 가지고……. 사실 말이야 바른말이지, 천

하 그룹이 조금 크더니 요즘 뵈는 것이 없는지 많이 건방져
지긴 했지요."

"맞습니다. 우리 국회의원들이 나라를 위해 얼마나 열심
히 일을 하는데 그런 노고를 위로할 줄도 모르고 지들이 잘
나서 기업이 성장하는 줄 안다니까요."

손익규 야당 원내총무가 운을 떼자 옆에 있던 야당 의원
한 명이 그의 말에 동조를 하며 맞장구를 쳤다.

그야말로 그들만의 세계 속에 빠져 달콤한 꿈에 취한 모
습이었다.

◆　　　◆　　　◆

어두운 조명 아래 전자 기기들이 즐비한 방.

일단의 사람들이 머리에 헤드셋을 쓰고 한창 작업을 하고
있었다.

그러던 중 한 명이 쓰고 있던 헤드셋을 거칠게 벗어 던지
며 소리를 질렀다.

"헐, 이런 빌어먹을 놈들! 국회의원이라는 놈들이 한데
모여 작당모의를 하고 있군."

"야야, 진정해라. 저것들 저러는 것이 어디 하루 이틀 이

일이냐."

옆자리에 있던 또 다른 남자가 화를 내는 사내를 달래며 말을 꺼냈다.

하지만 사내는 분노가 쉽게 가라앉지 않는지 붉어진 얼굴로 씩씩거리며 쉽게 흥분을 가라앉히지 못했다.

이들의 정체는 바로 국가정보원 요원으로, 국내 정보 수집 및 용공 세력을 감시하는 임무를 맡고 있었다.

물론 한반도가 통일을 이룩하면서 용공 조직 색출보단 국내 정보 수집 및 분석을 위주로 활동하는 중이었지만.

지금도 이들은 불법임이 확실한 국회의원 감청을 하고 있는데, 사실 이런 일은 오래전부터 있던 일이다.

권력을 잡은 집단은 국내에 어떤 기류가 흐르고 있는지 알아내기 위해 상류층이나 국회의원들을 항시 감시하며 감청을 했다.

그리고 그렇게 수집된 정보들은 알게 모르게 정치에 활용되어 왔다.

한데 지금 여야 의원들이 모여 담합을 하고 있는 방을 감청하고 있는 국정원 요원들의 표정은 썩 좋지 못했다.

정말로 세월이 지나도 정치인들은 하나도 변한 것이 없기 때문이다.

자신들은 음지에서 목숨을 내놓고 국가를 위해 더러운 일을 마다하지 않고 수행을 하고 있는데, 국민의 대표라는 자들은 유권자들의 기대와 다르게 저들의 호의호식을 위해 협잡을 자행하고 있었다.

덜컹!

탈칵!

그 순간, 국정원 직원들이 감청하고 있던 곳의 문이 열리고 한 사람이 들어섰다.

"뭐 나온 것 있나?"

"팀장님, 오셨습니까?"

안으로 들어온 남자가 묻자 조금 전까지 얼굴을 붉히며 화를 내던 사내가 불만을 쏟아냈다.

"팀장님, 언제까지 이러고 있어야 합니까? 저 자식들이 하는 이야기를 더 듣고 있다가는 정말이지 돌아버릴 것 같습니다."

아직도 화가 가라앉지 않았는지 그 남자는 거칠게 숨을 내쉬었다.

흥분한 부하의 모습에 최상준은 작게 한숨을 쉬었다.

정말이지, 언제까지 이런 일을 계속해야 할지 회의감이 들었다.

처음 그가 국정원에 지원을 했을 때는 정말로 국가와 민족을 위해 목숨을 내놓고 일하고 싶었다.

하지만 현실은 그렇지 못했다.

처음 2과로 발령이 나면서 그가 한 것은 국회의원들의 비리를 찾아내는 일이었다.

그렇기 위해선 밤낮 없이 뒤를 추적하며 그들이 누구를 만나는지, 누구와 무슨 대화를 하는지 알아야 했다.

마치 흥신소 직원이 바람난 남녀의 불륜 현장을 찾는 것과 다르지 않았다.

그 때문에 회의감도 많이 들었지만, 그래도 이 일이 분명 국가와 민족에 꼭 필요한 일이라 생각해 참고 지금까지 일해왔다.

그리고 지금처럼 울분에 차 분노하는 부하도 많이 경험하였다.

대다수 이런 직원들은 퇴직을 하거나 자신처럼 기계적이 되거나, 그것도 아니면 혐오하던 그들에게 동화되어 승진을 하기도 했다.

물론 그런 이들의 말로(末路)는 결코 좋지만은 않지만 말이다.

아무튼 울분을 참지 못하는 부하를 보며 최상준은 씁쓸하게 고소(苦笑)를 지었다.

"언젠가 저것들을 쓸어버릴……."

우웅! 우웅!

최상준이 말을 하던 중 휴대폰의 진동이 울렸다.

업무 중에는 휴대폰을 소지할 수 없는 것이 원칙이지만, 어디 조직이 원칙대로만 흘러가는가.

급한 연락을 위해서 어쩔 수 없이 휴대전화를 가지고 다니는 국정원 직원들이었다.

작전 중에 누가 전화를 한 것인지 확인하기 위해 액정을 쳐다보던 최상준의 눈이 커졌다.

전화를 건 사람은 자신의 직속상관인 2차장이었기 때문이다.

"잠시 전화 좀 받고 이야기하자."

요즘 들어 흔들리는 부하의 모습에서 심도 깊은 대화가 필요함을 느꼈지만, 지금은 그게 문제가 아니었다.

최상준은 방을 빠져나가며 다급히 전화를 받았다.

"전화 받았습니다."

최상준은 밖으로 나와 바로 옆에 있는 방으로 들어갔다.

이곳은 향원 지하에 마련되어 있는 은밀한 공간이었다.

사실 향원은 국정원 2과에서 마련한 비밀 지부 중 하나였다.

국정원 2과는 국내에 향원과 같은 전통 요리집 몇 곳과 퓨전, 외식 음식점을 여러 곳 운영을 하고 있었는데, 그 모든 것이 국내 정보를 취득하기 위한 장소로 운영되었다.

물론 그곳에서 벌어들이는 수입 또한 상당하여 국가에서 나오는 활동 자금 외적으로 들어가는 비밀 작전의 자금으로도 운용되고, 또 비밀 작전 중 부상을 당하거나 죽은 직원의 유족에게 위로금 등으로 사용되었다.

아무튼 빈방으로 들어간 최상준은 상관인 김기춘 2차장과 통화를 하였다.

"예, 예."

— 그럼 최 팀장은 지금까지 모은 자료들을 당과 의원별로 정리하여 본사로 들어오게.

"예, 알겠습니다. 그런데 자료를 정리한다고 해도 상당한 분량인데, 모두 들고 갑니까?"

최상준은 그동안 향원에서 수집한 자료가 너무도 많아 어떻게 할지를 물었다.

아직 자료의 범위에 대해 듣지 못했기에 확인 차원에서 물어본 것이다.

— 그래. 빠짐없이 모든 자료를 가지고 들어와. 이건 그

곳뿐 아니라 다른 지부도 마찬가지야. 그러니 하나도 빼놓지 말고 가져와야 해. VIP(대통령)의 명령이야.

"헉, 알겠습니다. 지금까지 수집한 자료 모두 가져가겠습니다."

최상준은 VIP의 명령이란 말에 깜짝 놀랐다.

조금 전 2차장이 말한 VIP란 정보국에서 대통령을 가리키는 은어였다.

대통령을 경호하기 위해선 대통령의 신변이 외부로 노출되지 않게 하는 것이 최선인데, 그러기 위해 대통령이란 단어 자체를 사용하지 않는 것이다.

비록 국정원 2과가 대통령 경호와는 상관이 없는 조직이긴 하지만, 비슷한 계통이기에 대통령을 가리키는 은어를 공동으로 사용하고는 했다.

사실 윤재인 대통령은 혹시라도 정치 탄압이라는 오명을 뒤집어쓸까 봐 국정원이 내사한 국회의원이나 상류층의 비리 자료를 요구하지 않았다.

그런데 재선 집권 말기에 그것을 찾는다는 말에 최상준은 뭔가 큰 사건이 터질 것 같다는 예감이 들었다.

국정원 팀장 정도 되는 직위에 오르기 위해선 최소 10년 이상은 근무를 해야만 한다.

그것도 라인을 잘 잡아야 그런 것이고, 보통은 15년 내지 20년은 되어야 팀장이 될 수가 있었다.

그렇게 오랜 시간을 현장에서 일하다 보면 어느 정도 미래를 내다보는 혜안이 생기기 마련이었다.

물론 그러기 전에 잘못된 정보에 속아 이슬처럼 사라지기도 하고 또 정치적 상황에 희생되기도 하지만…….

어찌 되었든 최상준의 육감에 앞으로 정치판에 사정 바람이 불 것이란 예감이 들었다.

통화를 마친 최상준은 다시 도청이 이뤄지고 있는 방으로 들어가 부하들에게 지시를 내렸다.

"종수, 넌 지금부터 여당과 야당, 그리고 의원별로 수집한 자료를 정리해 내게 가져와."

"아니, 팀장님. 그게 자료가 얼마나 많은데 그걸 혼자 정리를 한단 말입니까?"

종수라 불린, 조금 전 감청을 하다 분을 참지 못하던 국정원 직원이 투덜거렸다.

하지만 그런 종수의 불만은 이어진 말에 여지없이 꺾이고 말았다.

"2차장님의 지시다."

그 말에 김종수는 어쩔 수 없다는 듯 힘없이 대답했다.

"예, 알겠습니다. 언제까지 하면 되는 것입니까?"

김종수는 어쩔 수 없이 대답을 하기는 했지만, 그래도 기간은 좀 여유가 있을 거라 스스로를 달랬다.

사실 최상준도 언제까지 보고를 하라는 지시를 미처 듣지 못했다.

하지만 최종 보고자가 대통령이 아닌가.

그러기 위해서는 최대한 빠른 시간 안에 2차장에게 자료를 가져다주어야만 했다.

결국 그는 김종수에게 마른하늘의 날벼락 같은 지시를 내렸다.

"오늘 퇴근 전까지 가져와!"

그래야 자신도 대충이나마 검토를 하고 내일 아침에 보고를 할 수 있기 때문이다.

"예? 아니, 그 많은 것을 어떻게 퇴근 전까지 정리를 해요?"

김종수는 기도 안 찬다는 태도로 부질없는 항변을 하였다.

당연히 최상준에게는 통하지 않았다.

"그럼 정리한 자료를 넘기기 전까지는 퇴근할 생각도 하지 마."

김종수는 어처구니가 없다는 표정으로 상관인 최상준을 쳐다보았다.

하지만 그런다고 해서 최상준이 시간을 늘려주지는 않았다.

어차피 자신 또한 김종수와 같은 입장이기 때문이었다.

그저 최대한 빠른 시간 내에 보고를 해야만 한다는 생각에 김종수를 조일 뿐이었다.

◆　　◆　　◆

스윽! 척! 스윽!

윤재인 대통령은 집무실 책상에 앉아 조금 전 김세진 국정원장이 가져온 자료를 검토해 나갔다.

서류를 한 장, 한 장 넘기며 내용을 살피던 윤재인 대통령의 이마에는 어느새 푸른 핏줄이 핏대를 세우며 선명하게 자리 잡고 있었다.

서류 속 내용은 참으로 기가 막혔다.

울산에서 급히 올라온 윤재인 대통령은 국정원장인 김세진에게 그동안 수집한 국회의원들의 행적에 대한 보고서를 올리라는 지시를 내렸다.

좋은 일이든 그렇지 않은 일이든 가리지 않고 해당 년도와 일월, 그리고 시간까지 소상하게 적혀 있는 자료는 무척이나 두꺼웠다.

지금은 사라져 버린, 마치 전화번호부 책을 보는 듯하였다.

그런 것이 한 권이 아니라 책상 밑에서부터 상당한 높이로 쌓여 있었다.

그 모든 것을 확인하기란 사실상 불가능한 일이나 다름없었다.

그렇기에 윤재인 대통령은 일단 이번에 문제가 된 여당 원내총무인 황준표와 야당의 원내총무 손익규, 그리고 당시 함께 자리하고 있던 여야 의원 네 명까지 총 여섯 명의 자료를 먼저 살피기로 했다.

한참 동안 책상 위에 놓인 자료를 읽어 나가던 윤재인 대통령은 결국 한숨을 쉬며 들고 있던 자료를 내려놓았다.

"이게, 이게……."

뭔가 말을 하려던 윤재인 대통령은 기가 막혀 차마 말이 나오지 않았다.

황당해하는 대통령의 모습에 김세진 국정원장이 한쪽에 마련된 주전자에서 물을 따라 건넸다.

"음, 고맙네."

"아닙니다."

너무 기가 막힌 나머지 말조차 제대로 나오지 않던 윤재인 대통령은 냉수를 마시자 그제야 숨이 트인 듯했다.

탁!

"이런 인사들이 무슨 국민의 대표라고… 모두 잡아들이게!"

어느 정도 정신이 돌아왔는지 윤재인 대통령은 이성적인 목소리로 단호하게 지시를 내렸다.

"그리고 내가 일일이 확인하진 못했지만, 여기 있는 자료에도 여야 국회의원들의 비리가 가득할 테지? 자네는 검찰과 협조하여 비리에 연루된 의원들을 모두 다 잡아들이기 바라네."

그야말로 청천벽력과 같은 명령이 윤재인 대통령의 입에서 터져 나왔다.

이제 겨우 1년 반 조금 못 되게 임기가 남은 대통령으로서는 하기 힘든 명령이 나온 것이다.

보통 임기가 짧게 남은 대통령은 퇴임 후의 보신(保身)을 위해 정치권으로부터 책잡히는 일을 하지 않으려 한다.

그런데 지금 윤재인 대통령이 보여주는 행동은 그런 보편적인 행동과는 전혀 궤를 달리하는 것이었다.

단순히 책잡히는 정도가 아니라 여야를 가리지 않고 척(隻)을 지려고 작정한 듯했다.

"괜찮으시겠습니까?"

김세진 국정원장은 너무도 우려스런 마음에 물었다.

하지만 윤재인 대통령의 태도에는 흔들림이 없었다.

"내 지금까지 거짓과 협잡을 한 번도 하지 않았다고는 말할 수 없지만, 그래도 대통령으로서 국가와 민족에 한 점 부끄럼 없이 정책을 행해왔다고 자부하네. 자네가 무슨 생각으로 그런 말을 하는지 알겠지만, 그것은 국민들만이 평가할 수 있는 일이네, 저런 모리배들을 두려워할 것이 아니라 국민들을 두려워해야 한다는 말이지."

윤재인 대통령은 지금껏 해온 일들을 떠올리며, 진정 두려워해야 할 것은 자신을 대통령으로 뽑아준 국민들이라는 것을 새삼 깨달았다.

그와 함께 말을 내뱉고 나니, 약간의 주저함이 있던 마음이 안개가 걷힌 듯 개운해졌다.

편안한 표정을 짓는 윤재인 대통령의 모습에 김세진 국정원장도 고개를 끄덕일 수밖에 없었다.

윤재인 대통령은 이미 스스로 모든 것을 받아들이기로 다

짐한 것이다.

자신을 국정원장 자리에 앉힌 윤재인 대통령.

김세진 국정원장은 자신이 오래전 존경하던 그대로 흔들리지 않는 모습을 보이는 윤재인 대통령의 꿋꿋함에 자신도 모르게 감동을 하고 말았다.

"알겠습니다. 바로 시행하겠습니다."

윤재인 대통령의 확고한 의지를 확인한 김세진 국정원장은 비장하게 대답을 하며 집무실을 나섰다.

자신 역시 역사 앞에 당당히 나설 결심이 되었다는 듯이.

흡족한 마음으로 김세진 국정원장의 뒷모습을 바라보던 윤재인 대통령은 홀로 남은 집무실에서 조금 전 내려놓은 자료를 다시 한 번 살피기 시작하였다.

"종로 호텔로 가게."

황준표 여당 원내총무는 향원에서 모임을 가진 뒤, 종로 호텔로 향했다.

"예."

부웅!

운전기사가 조용히 차를 몰아 목적지인 종로 호텔로 향하
자 그는 눈을 감고 조금 전 손익규와 은밀히 주고받았던 이
야기를 머릿속으로 정리하기 시작하였다.

"내 알아보니 라이프 메디텍과 지킴이 PMC라는 두 회
사도 꽤 알짜배기 기업이라고 하던데 말이야. 황 의원, 이
기회에 그것도……."

"그렇긴 한데, 두 회사는 쉽게 건들기 힘들어서 말이지."

"그게 무슨 소리인가. 우리가 손을 잡았는데 힘든 일이
어디 있단 말인가."

"음, 그것이 말이야……."

"아, 답답하게 뜸들이지 말고 속 시원하게 말해보게. 야
당의 원내총무인 나와 여당의 원내총무인 자네가 손을 잡았
는데 설사 대통령이라도 우릴 막을 수 있겠나? 이제 겨우
임기가 1년 조금 더 남아 있는데, 퇴임 후를 생각한다면 우
리가 하려는 일을 막진 않을 것이네."

손익규는 단정을 내리듯 말하며 황준표 원내대표를 부추
겼다.

그런 손익규의 말에 황준표도 껄끄러워하던 표정을 풀고
대답을 하였다.

"확실히 그렇긴 하지. 사실 라이프 메디텍과 지킴이 PMC는 대통령이 신경 쓰고 있는 회사가 맞네."

"그게 사실인가? 그렇다면 전에 있었던 특혜……."

"그건 이미 넘어간 문제 아닌가. 그건 더 이상 들추지 말고 우선 내 말을 더 들어보게."

황준표는 일단 손익규 원내대표의 말을 막고 이야기를 계속하였다.

만약 여기서 손익규의 주도대로 분위기가 흘러간다면 얼마나 많은 이권을 그에게 넘겨야 할지 모를 일이었다.

그렇기에 황준표는 일단 모든 이야기를 끝내고 난 후에 이권을 나눌 생각으로 자신이 알고 있는 정보를 풀어놓았다.

"라이프 메디텍과 지킴이 PMC는 각각 사장이 있기는 하지만, 사실 실질적인 주인은 자네도 알고 있는 천하 그룹 정대한 회장의 손자인 정수한이네. 이미 그가 가진 특허로만 어마어마한 로열티를 벌어들이고 있으며, 특히 플라즈마 실드 발생 장치에 관해서는 미국도 탐을 내고 있는 중이지."

황준표는 말을 하다 말고 잠시 손익규의 표정을 살폈다.

아니나 다를까, 그의 예상대로 어마어마한 로열티란 말과 플라즈마 실드 발생 장치란 말에 손익규의 눈이 탐욕으로 불타올랐다.

손익규의 표정을 살피느라 모르고 있었지만, 사실 황준표의 표정도 탐욕에 물든 손익규와 별반 다르지 않았다.

"대통령은 그런 정수한의 비위를 맞추기 위해 많은 것을 양보하고 있는 중이네."

황준표는 그래도 같은 당이라고 윤재인 대통령이 수한에게 양보하는 것을 잘 포장해 말을 하였다.

하지만 윤재인 대통령이 좋아 그런 것은 아니었다.

대선 후보 중 한 명인 그가 같은 당 출신인 대통령을 헐뜯는다는 것은 누워서 침 뱉기나 마찬가지였기에 그렇게 말을 한 것뿐이다.

아무튼 황준표는 이런저런 사족(蛇足)을 붙여 말하긴 했지만, 결과적으로 간추린다면 지킴이 PMC와 라이프 메디텍은 대통령이 뒤를 봐주고 있다는 의미였다.

하지만 이미 욕심에 눈이 먼 손익규의 귀에는 그것이 들어오지 않았다.

"대통령이 사적으로 어느 한 기업을 편들어 키워준다는 것은 말이 되지 않는 일이야. 그리고 그런 기술은 한국처럼 작은 나라가 가지기에는 너무도 위험한 기술이라고 생각하네."

"그럼 어떻게 하자는 말인가?"

"당연히 혈맹인 미국처럼 강력한 나라가 그런 기술을 가지고 있어야 안심이 되지 않겠나?"

손익규는 말도 되지 않는 억지 논리를 펴며 자신의 소유도 아닌 것을 두고 누가 가져야 하네 마네 따지고 있었다.

정말 개념 없는 판단이지만, 정작 말을 하는 손익규는 스스로의 말에 취해 정말 그렇게 되어야 한다고 생각을 하는 것이었다.

'그렇지. 그런 엄청난 기술은 한국처럼 약한 나라가 가지고 있어봐야 전쟁의 불씨가 될 뿐이야. 내가 그 기술을 넘긴다고 하면 미국은 내게 무척이나 고마워할 거야. 뭐, 그럼 비싼 값에 기술을 팔아 그놈도 좋아할 테고, 덕분에 많은 세금도 들어오니 나라로서도 좋은 것 아니겠어? 이게 바로 일석삼조지.'

'그래, 내 생각대로 움직이는구나. 이 욕심 많은 늙으니 같으니라고.'

손익규가 혼자만의 망상에 빠져 있을 때, 회심을 미소를 짓는 황준표였다.

　황준표는 호텔로 들어서자마자 약속 장소인 룸으로 향했다.

　709호실 앞에 선 황준표는 노크를 하기 전 옷매무새를 다시금 정리하였다.

　"흠."

　탁탁.

　자신의 상태를 재차 확인한 그는 곧 노크를 하였다.

　똑똑.

　"だれ(누구냐)?"

　방 안에 있는 사람은 한국인이 아닌 듯 일본말이 들려왔다.

　"난 한국당 의원인 황준표요."

　"아, 황 상."

　황준표가 자신의 신불을 밝히자 금세 문이 열리며 한 사람이 나와 반가이 맞이했다.

　"오소 오십시오. 반갑스무니다."

　그는 어눌한 한국말을 구사하며 황준표를 반겼다.

　"반갑습니다, 이토 상."

황준표 역시 마주 인사를 하며 방 안으로 들어갔다.

방 안으로 들어선 황준표는 방 안에 이토 곤스케뿐만 아니라 또 다른 사람이 있는 것을 보고 깜짝 놀랐다.

당황한 듯 보이는 황준표의 모습에 이토 곤스케는 슬쩍 미소를 지으며 말을 하였다.

"인사드리시오. 사이고 다카모리 실짱이므니다. 촌리 가카께서 시닙하는 부니시무이다."

이토 곤스케의 한국말이 좀 어눌하기는 하지만 못 알아들을 정도는 아니었기에 황준표는 이토 곤스케가 소개하는 인물이 누구인지 어느 정도 짐작할 수 있었다.

아마도 일본의 총리인 오카야마 신이치의 측근일 것이다.

현재 일본에서 오카야마 신이치 총리의 인기는 하늘을 찌르고 있었다.

역대 어느 총리보다 지지 기반이 탄탄한 그는 일본에서 일왕 다음으로 인기가 있을 정도였다.

오죽하면 정치에 관심이 없다는 일본인들이 연예인보다 더 좋아하는 인물이 바로 오카야마 신이치 총리일 정도로 그의 인기는 타의 추종을 불허하였다.

그런 일본 총리의 측근이란 말에 황준표의 눈이 반짝였다.

"그런데 어쩐 일로 날 부른 것이오?"

황준표는 일단 자신의 내심을 숨기며 이토 곤스케에게 물었다.

하지만 노련한 사이고 다카모리의 눈을 피할 수는 없었다.

황준표가 십여 년간 정치인으로 활동을 해왔다지만, 사이고 다카모리 역시 십여 년을 정보 조직에서 닳고 닳은 인물.

정치인인 황준표가 숨기는 것의 달인이라면, 사이고 다카모리는 반대로 뭔가를 찾아내는 데 있어 달인이라 불릴 만했다.

황준표의 표정에서 욕심을 읽은 사이고 다카모리지만, 굳이 내색하지 않은 채 조용히 이토 곤스케와의 대화를 지켜보았다.

"황 의원도 3년 전, 일신 그룹의 일을 알고 계시지요?"

느닷없이 일신 그룹을 언급하는 이토 곤스케의 말에 황준표는 순간 당황하였다.

그도 그럴 것이, 일신 그룹이라면 그와도 적잖은 연관이 있기 때문이었다.

사실상 일신 그룹의 일만 아니었다면 자신이 정치를 그만

두고 칩거를 하지 않아도 되었다.

하지만 일신 그룹의 로비를 받아 그들의 청탁을 들어준 일 때문에 곤욕을 치르고, 그 때문에 한동안 일선에서 물러날 수밖에 없었다.

다행히 이들의 도움을 받아 화려하게 정계로 복귀를 하기는 했지만, 그때 당시의 일만 생각하면 여전히 치가 떨리는 황준표였다.

그런 황준표이니만큼 일신 그룹이 언급되자 인상을 구길 수밖에 없었다.

"그 일로 한동안 정계를 은퇴하기도 했는데, 어찌 잊을 수가 있겠습니까?"

하지만 정치판에서 굴러먹은 사람답게 금방 표정을 바꾸며 미소를 지으며 대답을 하였다.

물론 그가 잠시나마 흥분하였다는 것을 눈치 채지 못한 이는 이 자리에 아무도 없었다.

"알고 계시다니 말하기가 더 편하겠군요. 사실 일신 그룹은 저희 일본의 자금이 투입된 기업이었습니다. 그런데 우리 일본의 입장은 생각지도 않고 조각내 팔아버리다니, 이는 있을 수 없는 일입니다."

이토 곤스케는 당시 일신 그룹이 채권단의 결정에 따라

분할 매각이 된 점을 떠올리며 불법이라 성토를 하였다.

당연한 말이지만, 그가 내뱉는 말은 전혀 근거도 없는 억지에 지나지 않았다.

이토의 말대로 일신 그룹의 시작은 일본의 자금이 들어간 것이 맞다.

일신 그룹의 1대 회장인 신원호 회장이 일본의 자금을 한국에 들여와 기업을 일궜지만, 그룹이 분할 매각된 것은 전적으로 불량 경영 탓이었다.

그 말인즉, 정상적인 거래 행위를 통해 그룹 해체의 수순을 밟아 나갔다는 것이다.

그런데 지금 이토 곤스케는 그것이 마치 불법적으로 벌어진 일이 것처럼 말하고 있었다.

"아, 그건 이토 상께서 잘못 알고 있는 것입니다. 그 일은 적법한 절차로 이루어진 것이니 거론하지 마십시오."

비록 정계 복귀라는 욕심에 눈이 멀어 이들과 손을 잡기는 했지만, 그렇다고 황준표라는 인간이 아주 경우가 없는 인물은 아니었다.

그렇기에 황준표는 이토 곤스케의 말을 일축하며 선을 그었다.

자신의 말이 부정당했음에도 이토나 사이고 다카모리는

별 반응이 없었다.

"뭐, 한국의 입장에선 그렇게 말을 할 수는 있겠지만, 방금 전 제 말은 어디까지나 우리 정부의 입장에서 일본의 자본이 들어간 회사가 허무하게 처리된 일에 대해 유감을 가지고 있음을 말하는 것뿐이니 너무 신경 쓰지는 마십시오."

어느 순간부터 이토 곤스케의 한국말이 자연스러워졌는데, 흥분한 황준표는 그런 변화를 미처 느끼지 못하고 있었다.

"그런데 말입니다, 내 듣자니 황 의원님께서 CIA의 동아시아 지부장을 만나셨다고요?"

이토 곤스케가 한창 일신 그룹의 이야기를 하다 갑자기 CIA에 대해 언급을 하자 황준표는 당황했다.

그로 인해 당황한 기색을 여실히 드러내고 말았다.

"음, 그것을 어떻게 알았습니까?"

뒤늦게 표정을 수습하려 했지만 너무 늦었다는 것을 깨달은 황준표는 정면으로 대응하기로 마음먹고는 직설적으로 물었다.

그런 황준표의 질문에 이토 곤스케는 미소를 지으며 대답을 했다.

"우리의 정보력을 무시하지 마십시오. 우리 일본의 정보력은 미국도 무시할 수 없는 수준에 이르렀습니다. 그리고 만약 제가 그 내용을 한국 정부에 넘긴다면 어떻게 될지 잘 아실 것이라 생각합니다."

조금 전까지만 해도 미소를 지으며 맞이하던 사람이 맞는지 의심이 될 정도로 차가운 눈빛으로 황준표를 노려보는 이토 곤스케였다.

"으음……."

황준표는 이토의 경고에 뒷목이 서늘해짐을 느꼈다.

만약 그의 말대로 자신이 미국 첩보 기관인 CIA의 동아시아 지부장을 만났다는 사실이 알려진다면 정치생명은 물론이고, 자칫 잘못하다가는 간첩 혐의로 평생 감옥에 들어가 있어야 할지 몰랐다.

대한민국은 통일을 이룬 뒤로 간첩 행위나 이적 행위에 관해선 추호도 용서가 없을 정도로 법의 처벌이 강화되었다.

북한이란 주적(主敵)이 사라졌으니 가벼워져야 정상일 것 같지만, 현실은 그렇지 않았다.

민족의 염원인 통일을 이루고, 오랜 세월 동안 분단되었던 남과 북이 하나가 되어야 한다는 공감대 속에 간첩과 이적(利敵)에 관한 국민적 정서는 더욱 굳건해졌다.

그런 시류 속에서 만약 자신이 타국의 첩보 기관인 CIA 지부장을 만났다는 사실이 밝혀진다면, 그냥 넘어가진 않을 것이 분명했다.

아무리 여당의 원내총무라 해도 그건 마찬가지였다.

비록 동맹이라고는 하지만 미국과 관련된 상류층의 비리나 이적 행위는 오래전부터 끊임없이 있어왔다.

기밀을 요하는 군사작전에서부터 군 장비 도입 사업 등 굵직굵직한 국방 강화 사업은 물론이고, 미군 기지 이전 협상에 대한 정보 유출 등 발각된 간첩 사건만 해도 꽤 되었다.

하지만 그와 관련해 처벌된 사람은 없는 것이 현실.

그러다 보니 국민들의 정서 속에 미국과 관련된 비리와 간첩, 이적 행위에 대한 불신은 여간 깊은 것이 아니었다.

자칫 잘못했다가는 어렵게 회생한 자신의 정치생명이 끝장나는 것은 물론이고, 집안까지 풍비박산이 날지도 몰랐다.

대한민국은 인터넷이 세계 어느 나라보다 발달하였다.

좋은 문명의 이기임은 분명하지만, 인터넷 활용 문화의 수준이 그리 높은 편은 아니었다.

좋은 소식이 널리 퍼지는 부분도 있지만, 나쁜 일이나 안 좋은 사건 등이 더 빠르게 확산되고 옳은 의견 등이 묻혀버리는 일도 다반사였다.

만약 비리나 치부가 인터넷상에 올라온다면 그 자신은 물론이고, 가족들까지 모두 신상이 털려 생활하기 어려워질 것이란 생각이 들자 황준표의 낯빛이 무섭게 창백해졌다.

자신이 권력을 쥐고 있을 때야 그런 것이 두렵지 않겠지만, 간첩 행위는 이야기가 달랐다.

그에 대해서는 대통령이라도 탄핵을 받아 마땅한 일이기에 황준표는 이토 곤스케의 협박에 꼬리를 내릴 수밖에 없었다.

이미 자신의 행적이 이들에게 알려진 상황에서 고개를 쳐든다고 해결될 일이 아닌 것이다.

누가 갑(甲)이고, 누가 을(乙)인지는 확실해졌는데, 갑에게 고개를 들고 대항을 해봐야 깨지는 것은 을뿐이다.

"내가 어떻게 해주면 되겠소?"

황준표는 항복 선언을 하듯 자신이 어떤 일을 해야 할지 물었다.

오래전에 뿌려둔 미끼를 물고, 또 약점까지 자신들에게 들킨 마당이니 이토나 사이고는 자신들의 꼭두각시가 된 황준표를 비릿한 미소와 함께 차가운 시선으로 쳐다보았다.

GREAT
KOREA

황준표는 그제야 자신의 욕심이 헤어 나올 수 없는 수렁으로 몰았다는 것을 깨닫게 되었다.

'이런, 내가 한 치 앞도 보지 못하고 내 죽을 자리를 찾아들었구나.'

후회는 아무리 빨라도 늦다는 말이 있다.

그것을 황준표는 너무 늦게 깨닫게 되었으며, 앞으로 남은 자신의 미래가 결코 편안하지 않을 것을 다시 한 번 깨닫게 되었다.

◈   ◈   ◈

한편, 황준표 원내총무가 회동을 마치고 다시 시내로 향하는 것을 확인한 최상준은 급히 본사(국정원 2과)에 연락을 하여 황준표를 추적하였다.

늦은 시각임에도 귀가하지 않고 시내로 향하는 것을 보니 뭔가 큰일이 있을 것 같다는 예감이 든 것이다.

놓칠 수 없는 기회라 판단한 최상준은 급히 보고를 올리고는 독단으로 황준표를 추적하였다.

그리고 종로 호텔에서 황준표가 만난 이들의 정체나 나누는 내용을 듣고 자신의 판단이 옳았음을 확신했다.

3년 전, 간첩 행위를 일삼다 파탄 난 일신 그룹이 언급되고, 그 와중에 일신 그룹이 일본의 비자금으로 건립된 기업이었음이 확인되었다.

　하지만 그것은 이어진 내용에 비하면 그야말로 조족지혈이었다.

　황준표 의원이 몰래 CIA의 동아시아 지부장을 만났다는 말을 들었을 때, 최상준은 자리에서 벌떡 일어나고 말았다.

　'그런데 저 일본인들의 정체가 뭐지? 어떻게 그런 것까지 알고 있는 것이지?'

　황준표와 일본인들의 대화를 감청하던 최상준은 자신들도 미처 파악하지 못했던 정보를 알고 있는 일본인들의 정체가 문득 궁금해졌다.

　"창용아."

　"예."

　최상준은 옆에 있던 부하에게 지시를 내렸다.

　"네가 나가서 저기 일본인들의 이름 좀 알아내 와라."

　"알겠습니다."

　최상준은 저 일본인들의 정체가 무척이나 중요하다고 자신의 육감이 말하고 있음을 느꼈다.

　물론 호텔 숙박계에 본명을 적지는 않았을 테지만, 출입국 관리소에 있는 여권 사진을 통해 그들의 정체를 알아낼 수 있을 거라 판단했다.

그리고 얼마 뒤, 이창용이 알아온 이름을 통해 NIS(국가정보원)의 데이터 뱅크에서 그들의 정확한 정체를 알 수 있었다.

"사이고 다카모리, 나이 47살, 성별 남, 일본 국가안보국 국장. 뭐! 이런 거물이 지금 한국에 들어왔다는 말이야? 야, 뭐하고 있어! 어서 차장님 연락하지 않고!"

최상준은 황준표와 만나고 있는 일본인 중 한 명의 정체가 일본 국가안보국의 국장이라는 사실에 놀라 소리쳤다.

이창용은 난데없는 최상준의 질타에 놀라 눈을 휘둥그레 떴다.

그러고는 정신을 차릴 틈도 없이 직속상관인 김기춘 제2차장에게 무전을 날렸다.

3.
대정화 운동

파주 소재, 라이프 메디텍 연구소.

현재 라이프 메디텍 파주 연구소는 하루 24시간이 부족할 정도로 바쁘게 돌아가고 있었다.

사실 이곳은 연구원들의 창의력 향상을 위해 출퇴근 시간을 따로 정해두지 않았다.

자신이 원하는 시간에 일주일 48시간, 한 달 192시간을 근무하면 되는 것이다.

아니, 특별한 사정에 의해 정해진 근무시간을 채우지 못하더라도 성과만 내면 되기에 연구원들은 연구에 쫓기는 일이 없었다.

이렇게 편안한 상태에서 연구를 하다 보니 다른 연구소들보다 성과가 좋았다.

그렇게 해서 이뤄낸 연구 결과가 대한민국군의 명품 무기로 탄생하게 되었다.

지금도 연구소에서는 갖가지 무기에 관련하여 연구가 한창인데, 현재 대한민국 공군에서 의뢰한 차세대 제공 전투기(X—4)의 연구 개발이 마무리 단계에 있었다.

"자, 모두 X—4의 비행시험 준비를 하도록."

수한은 하얀 가운을 걸친 연구원들에게 개발 중인 X—4의 비행시험을 주문하였다.

X—4의 비행시험은 벌써 20시간이나 하였지만, 아직 안정화가 되지 못한 상황이었다.

시험비행을 마칠 때마다 문제점을 조금씩 개선하고는 있지만, 그럴 때마다 또 다른 문제점이 튀어나오는 통에 골치를 앓고 있는 중이다.

오늘은 이전 시험비행에서 문제가 된 슈퍼 크루징 비행을 중점으로 살필 계획이었다.

슈퍼 크루징이란 비행기가 다른 보조 수단, 즉 애프터버너를 쓰지 않고 자체 엔진을 이용해 초음속 비행을 하는 것을 말한다.

그런데 이 슈퍼 크루징이 가능한 전투기는 세계에서 몇 종 되지 않았다.

미국의 주력 제공 전투기인 F—22나 유럽 공동체 소속의 유로파이터 타이푼, 러시아의 T—50과 중국의 J—31, 일본의 F—3 정도가 애프터버너 없이 초음속 비행이 가능했다.

그중 유럽 공동체의 유로파이터를 제외한 4국의 전투기들이 모두 스텔스 전투기이며, 그 모두가 대한민국을 둘러싸고 있는 나라들이다.

그렇기 때문에 대한민국 공군은 차세대 주력 제공 전투기 X—4의 요구 성능을 그들의 주력 전투기와 비슷하거나 좀 더 우위를 가질 수 있기를 원했다.

기본적으로 스텔스 기능이 있을 것, 최대 이륙 중량이 38톤 이상, 최고 속도 마하 2.2 이상, 항속 거리 3,500㎞ 이상, 실용 상승 고도 2만m 이상의 스펙을 요구한 것이다.

이는 주변 4개국의 스텔스 전투기 중 가장 성능이 떨어질 것이라 예상되는 중국의 J—31의 성능을 웃돌고, 세계 최강의 스텔스 전투기라 평가 받는 미국의 F—22 랩터와 비슷하거나 약간 우세한 정도였다.

하지만 수한이나 연구원들의 생각은 달랐다.

그들은 공군의 요구 성능보다 더욱 월등한 전투기를 개발하기를 원했다.

그도 그럴 것이, 세계 최강이란 수식어가 붙어 있는 F—22 랩터가 개발되어 실전 배치를 한 지도 20년이나 되었다.

그런데 이제 막 개발하려는 주력 전투기가 20년도 더 넘은 전투기와 비슷한 성능을 낸다면 그게 말이 되는 소린가.

그래서 라이프 메디텍 연구소에 있는 연구원들의 목표는 세계 최강 F—22 랩터를 능가하는 전투기를 개발하는 것이 목표였다.

그러한 목표 아래 밤낮을 가리지 않고 열심히 연구하고, 최고의 성능을 내기 위해 끊임없이 시험하며 부족한 부분을 업그레이드해 나가는 중이었다.

사실 연구소에서 개발 중인 X—4의 성능은 공군의 요구를 넘어선 지 오래였다.

만약 오늘 시험하는 아음속에서 초음속으로 음속을 돌파하는 과정이 계획대로 통과된다면 X—4는 단숨에 세계 최강의 반열에 올라서게 될 것이다.

최대 이륙 중량에 있어 38톤 이상을 주문한 공군의 요구보다 7톤 많은 45톤이나 되고, 최고 속도 또한 요구치보다 높은 마하 3.0에 달했다.

뿐만 아니라 항속 거리는 F—15K와 비슷한 5,500㎞나 되었다.

항속 거리가 5,500㎞라는 것은 스텔스 전투기로서는 사실상 불가능한 거리나 마찬가지였다.

스텔스 전투기의 특성상 적에게 들키지 않기 위해선 레이더가 발산하는 전파의 반사를 최대한 줄여야 하는데, 전투기 외부에 부착된 물체가 많을수록 전파의 반사가 많아진다.

그렇기 때문에 스텔스 전투기는 내부 무장을 하게 되는데, 그러다 보니 연료를 보관하는 탱크가 일반 전투기에 비해 작아질 수밖에 없다.

즉, 적은 연료 탓에 장시간 비행을 하지 못한다는 말이었다.

그런데 놀라운 점은 X—4는 최대 이륙 중량이 F—15K보다 높다는 것이다.

스텔스 전투기이면서 레이더파 반사에 신경 쓰지 않고 외부에 덕지덕지 무장을 하는 전투기보다 더 많은 무장을 할 수 있다는 점은 시사하는 바가 컸다.

적의 전투기만 제압하는 제공 전투기, 즉 공중전만 할 수 있는 다른 스텔스 전투기와 다르게 X—4는 무장에 따라선 지상 타격도 가능하다는 의미인 것이다.

대한민국은 자원이 한정되어 있는데다 전투기를 몰 수 있는 조종사의 숫자도 주변국에 비해 적었다.

그렇기 때문에 대한민국 공군은 오래전부터 제공 전투기보다는 전천후 전투기, 즉 공중전은 물론 때에 따라선 지상 공격도 가능한 전폭기를 선호하였다.

그래서 X—4도 그런 요구에 맞게 개발된 것이다.

적의 레이더를 피해 암살자처럼 공중전을 치르고, 또 지상군과 협조를 하여 화력지원도 할 수 있는 전투기로서.

"컷! 촬영 종료!"

"수고하셨습니다!"

"모두 수고했고, 다음 촬영에는 늦는 사람 없길 바라."

"예, 알겠습니다. 선배님."

감독의 촬영 종료 선언이 떨어지자 연기자들은 저마다 주변에 있는 동료 선후배 배우들에게 인사를 건네기 바빴다.

루나는 선배들이 촬영장을 빠져나가는 것을 끝까지 지켜보다 멍하니 서서 하늘을 쳐다보았다.

어느덧 그녀도 연예계에 데뷔를 한 지 10년이 넘었다.

아이돌 가수로 데뷔하여 인기를 얻었으며, 2년 전부터는 영역을 넓혀 연기자로도 활동을 하기 시작하였다.

비록 첫 출연 작품은 기대에 못 미치는 흥행 성적을 거뒀지만, 그 후로는 보다 철저히 준비하였기에 다른 아이돌 가수 출신 연기자가 겪는 발연기 논란에 휩싸이지는 않았다.

이제 루나는 연기자로도 자리를 굳히고 있었다.

그러다 오늘은 촬영이 생각보다 일찍 끝나 남은 시간을 어떻게 써야 할지 난감하였다.

사실 원래 촬영 일정은 오늘 오후 10시까지였는데, 주연 배우 한명이 다른 스케줄로 인해 촬영을 펑크 내는 바람에 일찍 촬영이 끝나게 되었다.

물론 오늘 못한 분량을 다음에 추가로 촬영해야 하기 때문에 난관이 예상되지만, 어찌 되었든 연일 계속되는 촬영 때문에 지친 연기자들에게는 가뭄 속의 단비와도 같은 휴식이었다.

한참을 멍하니 하늘을 쳐다보던 루나는 뭔가 떠올랐는지 고개를 돌려 매니저에게 말을 하였다.

"미숙아, 파주로 가자."

촬영지인 일산에서 파주까지는 얼마 떨어져 있지 않기에 루나는 오랜만에 수한을 만나 데이트를 하기로 결심하였다.

그녀가 속해 있는 파이브 돌스는 2년 전부터 가수 활동은 물론이고, 각자 원하는 부분에서 개인 활동도 병행해 왔다.

사실 파이브 돌스의 평균 나이가 29세에 이르다 보니 언제까지 아이돌 가수만 할 수는 없는 일 아니겠는가.

그래서 멤버들은 각자 개인 활동을 시작하게 되었다.

리더인 크리스탈은 전부터 해오던 작곡에 집중해 새로운 아이돌을 양성하는 중이며, 크리스탈과 동갑인 레이나는 댄스 스쿨을, 미나는 오래전부터 관심이 많았던 패션 사업을 시작하였다.

그리고 예빈은 동생 수빈처럼 모델 활동을 하며 틈틈이 디자인 공부를 하고 있었다.

그녀도 미나처럼 패션에 관심이 있었지만, 전문적인 지식이 부족했기에 공부도 하는 것이다.

아무튼 각자 활동을 하다가도 1년에 한 번씩 그룹 정규 앨범을 발표할 때는 3개월 정도 함께 활동을 해 나갔다.

어찌 보면 여유가 있을 듯도 하지만, 개인 활동을 하면서도 워낙 인기가 높기에 루나는 애인인 수한과도 많은 시간을 보내지 못하고 있었다.

수한도 많은 연구를 하느라 바쁘기 때문에 사실 두 사람의 스케줄을 맞추기가 어려워 연인다운 데이트를 하지 못하는 것이다.

그러다 오늘, 생각지도 않게 시간이 남게 되자 무작정 지르기로 마음먹은 것이다.

어쩌면 한 시간 거리도 되지 않는 일산에 있었기에 그런 것일지도.

끼익!

파주, 라이프 메디텍 연구소 주차장.

목적지에 도착한 루나는 차에서 내리며 미숙에게 말했다.

"미숙아, 넌 이만 돌아가. 난 우리 자기와 데이트하고 들어갈 거야."

이미 충동적으로 데이트를 결심한 루나는 아예 배수의 진을 치듯 매니저인 미숙을 돌려보내려는 것이었다.

"내일도 촬영 있으니까 너무 늦게까지 놀지 마시고 일찍 들어가세요."

"알았어. 내가 알아서 할 테니, 너나 아침에 늦지 않게 데리러 와."

"알았어요. 그럼 전 이만 갈게요."

"그래."

부웅!

그렇게 차가 연구소를 빠져나가고 홀로 남은 루나는 로비로 들어가 자신의 방문 목적을 적었다.

"어서 오세요."

"안녕하세요."

수한이 연구소 소장으로 있는 탓에 가끔 방문한 적이 있어 데스크 직원은 루나를 알아보고 밝게 미소를 지으며 인사를 건네 왔다.

루나가 유명한 스타인 점도 있지만, 연구소 소장인 수한의 연인이란 사실이 알려졌기에 부담 없이 맞이하는 것이었다.

"소장님 계신가요?"

루나는 마주 미소 지으며 수한이 있는지를 물었다.

하지만 데스크 직원에게서 들려온 말은 루나의 기대를 산산조각 내는 것이었다.

"어쩌죠? 소장님께서는 항공 파트 연구원들과 함께 외부에 나가셨는데요."

"아니, 그럴 수가……."

루나는 직원의 말에 하늘이 무너지는 듯한 느낌을 받았다.

드라마 출연 때문에 자주 보지 못하다가 모처럼 마음먹고 찾아왔는데, 이렇게 또 엇갈리게 되니 눈물이 핑 돌았다.

하늘이 무너진 듯한 표정을 짓는 루나의 모습에 데스크 직원은 마치 자신의 잘못인 양 안쓰러운 마음이 들었다.

하지만 연구소의 프로젝트는 모두가 극비에 속하는 일.

아무리 루나가 소장의 애인이라 해도, 아니, 더 나아가 가족이라 해도 그 행선지를 알려줄 수는 없었다.

"혹시 언제쯤이나 되어야 돌아올지 아시나요?"

혹시나 해서 물어보았지만, 들려온 직원의 말에 루나는 완전히 낙담하고 말았다.

"그, 그게… 저 같은 말단이 알기에는……."

결국 루나는 한숨을 쉬고는 발길을 돌려 힘없이 연구소를 빠져나왔다.

루나로서는 갑자기 할 일이 없어져 버렸다.

모처럼 오후 스케줄이 비어 오랜만에 수한을 보러 온 것인데, 수한이 자리에 없으니 루나의 오후 시간은 그야말로 허공에 붕 뜨고 말았다.

더군다나 타고 왔던 차도 이미 보내 버린 상황이 아닌가.

그야말로 갈 곳 없는 처지가 되어버리고 만 것이다.

'에휴, 이게 다 연락도 하지 않고 온 내 잘못이지.'

깜짝 놀라게 해주고 싶은 마음에 수한의 스케줄도 알아보지 않고 온 자신을 탓하며 루나는 거리를 걸었다.

하지만 정류장으로 걸어가는 자신의 모습이 괜스레 처량하게 느껴졌다.

그녀의 나이도 어느덧 스물아홉.

내일모레면 서른이다.

그런데도 수한은 결혼하자는 말을 아직 하지 않고 있었다.

물론 수한이 바쁘다는 것을 잘 알고, 또 그가 하는 일이 얼마나 중용한 일인지도 모르지 않았다.

하지만 이건 해도 너무한 것이 아닌가.

자신이 누구인가.

대한민국 톱스타 중 한 명이지 않은가.

그런데 어떻게 자신 같은 여자를 그냥 놔둘 수 있느냔 말이다.

생각할수록 화가 치민 루나는 땅바닥에 떨어져 있는 음료수 캔이 보이자 자신도 모르게 그것을 힘껏 차버렸다.

깡!

땡, 땡그랑!

루나의 발에 걷어차인 음료수 캔은 요란한 소리를 내며 저 앞으로 굴러갔다.

끼익!

그런데 멀리 날아갈 것처럼 힘차게 굴러가던 음료수 캔이 어딘가에 부딪치며 멈춰 섰다.

"누나, 여긴 어쩐 일이에요?"

"엉?"

수한을 원망하며 정처 없이 거리를 걷던 루나는 자신을 부르는 수한의 목소리에 깜짝 놀라 고개를 들어 올렸다.

그러자 눈앞에 차를 타고 있는 수한이 있는 게 아닌가.

"어? 무슨 실험 때문에 외부에 나갔다고 하던데, 다 끝난 거야?"

루나는 조심스럽게 수한에게 물었다.

"아니, 일이 좀 남긴 했……."

수한은 말을 하다 말고 입을 다물었다.

뒤이어질 내용을 짐작했다는 듯 표정이 굳어지는 루나의

모습에 말을 중단한 것이다.

"응, 남기는 했는데… 그리 급한 것은 아니야."

수한은 재빨리 말을 바꾸었다.

아니나 다를까, 그 말에 급격히 표정이 밝아지는 루나였
다.

또한 그 모습을 확인한 수한은 속으로 안도의 한숨을 쉬
었다.

'휴!'

"그런데 누나는 어쩐 일로 여기 온 거야? 혹시 나 만나
러?"

"으응. 오늘 주연 배우 한 명이 일 때문에 촬영이 펑크가
났거든. 그래서 시간이 남아……."

신이 난 루나는 장황하게 이야기를 늘어놓다가 너무 시시
콜콜 말하는 것 같아 부끄러운 마음에 말끝을 흐렸다.

부끄러워하는 루나의 모습에 수한은 살며시 미소를 지었
다.

그러더니 뒤를 돌아보며 다른 연구원에게 말을 하였다.

"김 박사님, 전 지금 바로 퇴근할 테니, 자료 정리한 것
은 메일로 보내주십시오."

수한은 항공 파트 수석 연구원인 김민구 박사에게 부탁을

하고는 차에서 내려 문을 닫았다.

연구소 차량은 먼저 보낸 수한은 루나를 데리고 연구소 주차장 쪽으로 향했다.

웅성웅성.

달그락달그락.

수한과 루나는 오랜만에 둘이서 임진강 변을 걸으며 즐거운 시간을 보냈다.

그런 후 저녁을 먹기 위해 음식점에 들어섰는데, 마침 음식점에 있던 손님들이 루나를 알아보았다.

때문에 잠시 소란이 일기는 했지만, 직원의 정리로 금방 수습되었다.

"미안."

"뭐가 미안하다고 그래? 톱스타인 누나를 사람들이 알아보는 것은 당연한 일인데, 그런 걸 가지고 미안하다고 할 필요 없어."

사실 이런 일은 톱스타인 루나를 애인으로 둔 이상 당연히 감내해야 할 일이라 수한은 생각했다.

더욱이 워커홀릭(Workaholic)에 가까운 자신의 스케줄 때문에 그간 연인다운 데이트도 못한 그녀의 심정을 잘 알기에 이런 일로 화를 낸다는 것은 말도 되지 않는 일이었다.

그랬기에 자신에게 미안해하는 그녀를 달래는 수한이었다.

"그렇게 말해줘서 고마워."

"아니야. 우리 그런 이야기 하지 말고, 다른 이야기 하자. 서로 바빠서 자주 데이트도 못하는데, 그런 우울한 이야기나 하고 있기엔 시간이 너무 아깝잖아."

"그래."

수한은 이대로 있다가는 데이트가 끝날 때까지 루나가 계속 미안해할까 봐 얼른 정리를 하였다.

수한의 배려에 루나는 고마워하며 그러자고 대답을 하였다.

"그런데 오늘은 무슨 시험을 하기에 연구소가 아닌 외부로 나간 거야?"

루나는 수한이 진행하는 프로젝트가 극비를 요하는 것임을 잘 알고 있었다.

하지만 수한이 적당히 선을 긋고 알아서 이야기해 줄 것 또한 알기에 망설이지 않고 물은 것이었다.

솔직한 심정으로는 쿠웨이트에서 돌아온 수한이 연구소에서 살다시피 하며 매달리고 있는 일이 무엇인지 궁금하기도 했다.

"응, 별거 아냐. 공군에서 의뢰한 비행기 개발이 막바지에 들어 그걸 조절하느라 외부로 나간 거야."

수한은 루나가 어디 가서 자신이 해준 말을 퍼뜨리지는 않을 것이라 알기에 적당히 이야기를 해주었다.

"정말? 나도 뉴스를 본 것이 있기는 한데, 그걸 네가 연구하고 있던 거야?"

"응. 조만간 국방부에서 발표가 있을 거야."

"와! 그럼 그 일만 끝나면 앞으로 시간 좀 나겠네?"

"하하하……."

수한은 루나의 말을 듣고 어처구니가 없어 웃고 말았다.

자신이 맡은 프로젝트가 얼마나 중요한 것인데, 그저 마무리된다는 말에 모두 끝날 것이라 생각한단 말인가.

일반적인 사업과 달리 국가적인 프로젝트는 한 가지 일을 마친다 하여 마음을 놓을 수 있는 것이 아니었다.

어찌 보면 사후 처리가 더 중요한 것이 국가 차원의 업무인 것이다.

물론 루나의 마음을 모르는 것은 아니었다.

일을 끝마치면 시간이 날 테니, 그때는 자신을 보러 먼저 찾아오라는 소리였다.

왠지 그 모습이 기막힐 정도로 순수하면서도 귀엽다는 생각에 웃음이 나왔다.

"왜? 설마 또 다른 프로젝트가 있는 거야?"

자신의 웃는 모습에 무언가 실수한 게 아닌가 걱정하는 루나는 갑자기 심각해진 얼굴로 다시 물었다.

그 표정은 정말로 혼자 보기 아까울 정도로 귀여웠다.

자신보다 세 살이나 많고, 또 이제 곧 새해가 밝으면 30살이 되는 여성인 루나의 표정이 너무도 귀엽고 사랑스러웠다.

"잠시 실례하겠습니다."

"뭔가?"

한국당 원내총무 황준표는 당사를 나오던 중 자신의 곁으로 다가와 팔짱을 끼는 남자들을 모며 소리쳤다.

수행하던 보좌관과 경호원들이 얼른 황준표 의원을 보호

하기 위해 달려들었지만, 강력한 방어에 막혀 뜻을 이루지 못했다.

"너희들 누구야! 내가 누군지 알고 이러는 거야!"

황준표 의원은 자신의 팔을 잡아챈 사내들에게서 벗어나기 위해 안간힘을 썼지만 소용이 없자 자신의 신분을 들먹이며 큰소리를 쳤다.

평소라면 자신의 신분을 듣는 즉시 물러나거나 고개를 숙이며 사과를 하는 것이 당연한데, 이들은 달랐다.

황준표는 사내들의 표정에서 뭔가 자신이 생각하는 상식이 통하지 않는다는 것을 깨닫게 되자 정신이 번쩍 들었다.

'이놈들, 정체가 뭐지?'

그와 함께 불길한 느낌이 스멀스멀 몰려들었다.

"당신들 뭐야! 뭐해, 어서 막아!"

당사 앞에서 한바탕 소란이 벌어지자 뒤늦게 소식을 접한 한국당 의원들과 당원들이 몰려나왔다.

"황 의원님을 구하자!"

누군가 구호를 외치자 한국당 사무소에서 나온 사람들이 호응을 하며 달려들었다.

"의원님을 구해라!"

"죽여!"

우당탕탕!

탕!

사람들이 뒤엉킨 아수라장 속에서 갑자기 총소리가 터져나오자 사람들의 행동이 일제히 멈췄다.

"모두 꼼짝 마! 더 이상 우리의 일을 방해하면 발포하겠다!"

계속해서 사람들이 몰려들며 연행을 방해하자 급기야 한 명이 권총을 꺼내 발사한 것이다.

눈앞에서 권총을 확인한 한국당 의원들과 당원들은 놀란 마음에 선뜻 달려들지 못했다.

다만, 황준표 의원이 연행되는 것을 그냥 두고 볼 수만도 없어 이러지도 저러지도 못하는 상황에 처했다.

"도대체 당신들 정체가 뭔데 우리 의원님을 데려가려는 거야!"

그러던 중 그나마 담대한 한국당 당원 중 한 명이 소리쳤다.

대체 정체가 무엇이기에 황준표 원내총무를 연행하려는 것인지, 또 어디로 데려가려는 것인지 알 수가 없어 그런 것이다.

무엇보다 총기 소지가 금지되어 있는 대한민국에서 버젓

이 권총을 소지한데다 발포까지 한 이들의 정체가 궁금했다.

"우린 국가정보원 직원들이다. 황준표 의원이 반국가 행위를 저질렀기에 연행하는 것이다."

그에 황준표를 연행하던 사내 중 한 명이 한국당 의원과 당원들에게 자신들의 정체와 연행 이유를 설명하였다.

"그럴 리가 없다. 우리 의원님은 결백하다."

하지만 한국당 의원과 당원들로서는 그 말을 믿을 수가 없었다.

"그건 우리가 판단한다. 황준표 의원 말고도 반국가 행위를 저지른 의원들을 모두 잡아들이라는 대통령님의 명령이 떨어졌다. 괜히 방해를 하다가 억울한 일을 당하기 싫으면 그만 물러나라!"

대통령의 명령이라는 국정원 직원의 말에 조금 전까지만해도 황준표가 반국가 행위를 했을 리가 없다며 반발하던 한국당 의원들과 당원들은 움찔하며 한 걸음 뒤로 물러났다.

"연행해!"

이들의 기세가 사그라들자 앞에 나서서 말을 하던 국정원 직원은 다시금 자신의 임무를 수행해 나갔다.

차분하게 명령을 내리는 국정원 직원과 달리 한국당 당원들은 어찌할 바를 몰라 했다.

이 자리에서 자칫 잘못 행동했다가는 반국가 행위에 함께 걸려 들어갈 수도 있는 것이다.

당연히 황준표 의원으로서는 당황할 수밖에 없는 노릇이었다.

유일하게 힘이 되어줄 수 있는 당원들이 아무 대응도 하지 못하자 위기감이 든 것이다.

결국 그는 국정원 직원들에게 끌려가면서 뒤에 대고 고래고래 소리를 쳤다.

"무엇들 하는 거야! 어서 날 구해!"

뭔가 일이 잘못되어 가고 있다는 느낌을 받은 그는 필사적으로 도움을 구했다.

이대로 국정원에 끌려간다면 쉽게 풀려나지 못할 것만 같았기 때문이다.

하지만 황준표 의원이 아무리 힘껏 고함을 질러도 한국당 의원이나 당원들은 쉽게 움직이지 못했다.

그들로서도 그럴 수밖에 없는 것이다.

황준표를 연행하는 이들이 국정원 직원이라는 것과 대통령의 명령이란 말이 주는 무게감도 컸지만, 무엇보다 총을 발사했다는 점이 제일 컸다.

아무리 황준표가 한국당에서 원내총무를 맡고 있다지만, 살아 있을 때에야 떠받들어 주며 이득을 볼 수 있는 법.

총에 맞아 죽은 뒤에는 아무런 소용이 없는 일이다.

사실 대통령의 명령이나 연행하는 이들의 정체가 국정원 직원이란 것은 그저 핑계에 지나지 않았다.

합법적으로 권총을 쏘는 이들에게 어떻게 맨몸으로 덤비겠는가.

아무리 국정원 직원이라 하더라도 한국에서 총기를 발포한다는 것은 그리 쉬운 일이 아니었다.

한데 상대는 총을 쏘는 것에 있어 전혀 주저함이 없었다.

그만큼 현재 벌어지고 있는 사안이 심각하다는 반증.

어차피 할 만큼은 했고 황준표에게 보일 수 있는 의리를 지켰으니, 할 도리는 다 했다고 여겨 죄책감도 없었다.

그러니 명분이 있을 때 뒤로 물러나기로 마음을 먹은 것이다.

그러는 와중 한국당 의원들 중에는 황준표 의원이 차지하고 있던 원내총무 자리를 차지할 수도 있겠다는 생각을 하였다.

무혐의로 풀려난다 해도 이만큼 노력했으니 의리를 지킨 셈이고, 돌아오지 못한다면 그 자리를 자신이 차지할 수도 있다고 판단한 것이다.

그렇기에 물러나는 한국당 의원들의 모습에는 주저함이
없었다.

그리고 이런 모습은 비단 한국당 당사 앞에서만 벌어지는
아니었다.

같은 시각, 제1야당인 민족당에서도 비슷한 일이 벌어지
고 있었다.

대한민국 국회는 때 아닌 구속 소식에 난장판이 되었다.

일반 의원이 검찰에 소환만 되도 한바탕 소란이 일어날
것인데, 당의 원내총무를 맡고 있는 최고 의원들이 붙들려
간 것이다.

때문에 여야 할 것 없이 들고일어났다.

모두들 이번 사태에 대하여 이구동성(異口同聲)으로 한
목소리를 내며 이번 일을 지시한 대통령을 탄핵하였다.

물론 그렇다고 해서 250석이나 되는 전체 국회의원들이
동참한 것은 아니었다.

한국당과 민족당 의원들 중 황준표와 손익규의 계파 의

원, 그리고 그들과 친한 의원들만이 나서서 성토할 뿐, 소
장파 의원이나 초, 재선 의원들 중 일부는 조용히 사태를
지켜보고 있었다.

그저 검찰도 아니고, 국정원이 움직였다면 무언가 숨겨진
내막이 있을 거라는 생각 때문이었다.

더욱이 대통령이 직접 잡아들이라 지시를 내렸다는 말에
사태를 관망하는 것이다.

웅성웅성!

"김 의원, 자넨 뭔가 아는 것 있나?"

"허허. 최 의원, 나라고 뭐 특별한 것이 있겠나. 나도 모
르네."

한국당과 민족당의 일부 의원들이 이번 사태를 야기한 대
통령의 폭거에 응징을 해야 한다며 탄핵소추안을 제의하는
와중에 무소속 의원인 김민평과 최한길은 느긋한 자세로 이
야기를 주고받았다.

그리고 그런 태도를 보이는 의원들은 비단 이들 두 사람
뿐만이 아니었다.

무언가 정보가 있는지 친한 의원들끼리 논의하는 모습이
국회 본회의장 여기저기에서 보였다.

그건 한국당이나 민족당이라고 다르지 않았다.

다만, 그런 이들과는 전혀 다른 모습을 보이는 의원들도 몇 있었다.

그들은 바로 민족수호당 소속의 의원들이었다.

3년 전에 창당된 민족수호당은 초, 재선 의원 20명으로 시작했던 것이 지금은 무소속 의원들을 영입해 45명의 국회의원을 거느린 제2야당이 되었다.

한때 돌풍을 일으키던 선진민주당을 제치고 민족당에 이어 제2야당이 된 것이다.

현재 민족수호당은 다른 정당들과 다르게 젊은 층의 절대적 지지를 받고 있었다.

정치에 별 관심이 없던 2~30대에게 정치를 돌아보게 만드는 데 성공한 민족수호당은 당 이름처럼 한민족을 수호한다는 이념 아래 청소년의 교육과 건강에 많은 관심을 가지고 정책을 입안했다.

그런 모습들이 차츰 젊은 유권자들의 지지를 받으며 의원 수를 늘려갔고, 또 지지율이 높아졌다.

기존 정당의 당원들이 탈당을 하고 민족수호당의 당원으로 등록할 정도인 것이다.

그런 민족수호당 의원들은 지금 벌어지고 있는 소란을 지그시 지켜보았다.

사실 민족수호당 의원들은 민족 수호 단체인 지킴이의 회원 출신들로, 회주인 수한의 건의로 정치에 뛰어든 사람들이었다.

지킴이가 아무리 음지에서 민족 수호를 위해 갖은 노력을 해도 대한민국을 이끌어가는 정치인들이 제대로 된 정치를 하지 않으면 나라와 민족이 올바르게 흘러가지 못 한다 판단하여 그런 결단을 내리게 된 것이다.

그리고 민족수호당에 등록한 의원들도 수한의 그런 생각에 동조하고 그 뜻을 받들어 정치에 뛰어들었다.

그리고 그 뜻을 펼쳐 나가는 데 힘을 조금씩 모아가는 중이었다.

언젠가는 그 힘을 표출해 민족정기를 해치는 위정자들을 척결하고 국회에 민족정기를 바르게 세울 것이다.

그리고 그 첫걸음이 바로 지금 벌어지고 있었다.

사욕을 채우기 위해 외국의 정보 조직과 손잡은 국회의원들을 가장 먼저 국회에서 몰아내는 것이다.

"이것은 정치 탄압입니다!"

"아무리 대통령이라지만 아무 잘못도 없는 국회의원을 연행하다니요. 이는 헌법에 나와 있는 국회의원의 권리를 무시하는 행위입니다. 동료 의원 여러분, 대통령 탄핵안을 소추합니다!"

한국당 중진 의원인 김유성 의원이 대통령 탄핵안을 소추하였다.

그러자 기다렸다는 듯 민족당 의원 한 명이 찬성을 하였다.

"대통령이 정치적 중립을 지키지 않고 국회의원의 강제연행을 지시한다는 것은 의원 활동을 막겠다는 것이니, 당연 탄핵을 해야 합니다. 전 찬성입니다."

한 사람이 나서자 이내 봇물이 터지듯 한국당과 민족당 의원들이 앞 다투어 찬성표를 던졌다.

국회에서 대통령 탄핵안에 대하여 찬반 투표가 벌어지고 있을 때, 국민들은 조용히 국회의 상황을 지켜보고 있었다.

입법 활동을 제대로 하고 있는지 알고자 하는 국민들을 위해 국회의 모습을 실시간으로 전달해 주는 국회방송.

그것을 통해 정치에 관심이 있는 국민들은 언제든 국회의 회의 모습을 지켜볼 수 있게 되었다.

여야 원내총무들이 대통령령으로 긴급 체포가 되었다는 속보가 나가자 많은 국민들의 관심이 국회에 몰렸다.

과연 국회의원들이 어떻게 반응을 할지 지켜보기 위해서였다.

아니나 다를까, 잘못을 반성하기는커녕 제 식구 감싸기에 급급한 모습을 보여주는 국회의원들.

실로 어처구니없는 일이 국민들의 두 눈 가득 박혀들었다.

세상이 바뀌어가고 있다는 현실을 외면한 채 혹여 자신들의 치부가 드러날 것이 두려운 의원들은 그런 국민들의 시선을 전혀 알아차리지 못하고 있었다.

여야를 떠나 국회의원으로서의 지위와 권리를 잃어버리지 않게 담합하는 한국당과 민족당 의원들은 여전히 상황을 판단하지 못했다.

오히려 그들은 사태의 진실을 파악한 뒤에 행동하라고 만류하는 의원들에게 고함을 치며 난리를 쳤다.

그리고 그러한 모습은 여과 없이 전국으로 퍼져 나갔다.

조그만 방.

밝은 조명 아래 드러난 방은 너무도 황량하였다.

그도 그럴 것이, 방 안에 있는 집기라고는 커다란 테이블과 의자 두 개가 전부였다.

두 개의 의자 위에는 상반된 표정의 인물들이 각기 자리해 있었다.

한 사람은 지난밤 긴급 체포가 된 한국당 원내총무인 황준표였고, 그 맞은편에는 국정원 2차장인 김기춘이었다.

"이게 대체 무엇하는 짓인가!"

황준표는 자신을 신문(訊問)하는 김기춘 국정원 제2차장에게 호통을 쳤다.

하지만 김기춘 차장은 그저 차가운 눈으로 쳐다보며 나직하게 말을 하였다.

"이봐, 황준표. 당신, 지금 여기가 어떤 곳인지 잊었나본데, 여긴 당신의 그 알량한 권력이 닿지 않는 곳이야."

결코 높지 않은, 하지만 그로 인해 더욱 위협적으로 다가오는 목소리.

"당신이 여기 끌려온 것은 그만한 이유가 있기 때문이지."

"대체 내가 무슨 일을 했다고 끌고 온 것인가. 어디 들어나 보자."

위협적인 분위기 속에서도 황준표는 믿고 있는 바가 있다는 듯 오히려 큰소리를 쳤다.

사실 여기서 물러나면 끝장이라는 절박함이 그에게 마지막 발악을 하게끔 만든 것이다.

그런 황준표의 뻔뻔스러운 모습에 김기춘은 말없이 서류

봉투에서 사진을 꺼냈다.

그와 함께 테이블 위에 놓인 녹음기도 재생을 시켰다.

얼마 안 있어 녹음기에서는 누군가의 목소리가 들려왔는데, 한참을 듣던 황준표의 낯빛이 순식간에 창백해졌다.

— 황 의원님께서 CIA의 동아시아 지부장을 만나셨다고요?

— 음, 그것을 어떻게 알았습니까?

— 우리의 정보력을 무시하지 마십시오. 우리 일본의 정보력은 미국도 무시할 수 없는 수준에 이르렀습니다. 그리고 만약 제가 그 내용을 한국 정부에 넘긴다면 어떻게 될지 잘 아실 것이라 생각합니다.

— 내가 어떻게 해주면 되겠소?

— 우리 일본이 원하는 것은 플라즈마 실드 발생 장치와 이번에 쿠웨이트에서 활약을 한 신형 전함의 설계도입니다.

— 아니…….

탁!

거기까지 녹음 내용을 들은 김기춘 차장은 녹음기를 정지시켰다.

"12월 28일, 저녁 10시 28분, 종로 호텔 709호, 이토 곤스케, 사이고 다카모리……."

김기춘 차장은 말을 하면서 들고 있던 사진을 한 장, 한 장 황준표 앞에 내보였다.

그 사진 속에는 그날 황준표가 만난 일본인 두 명의 모습이 담겨 있었다.

그런데 사진 상단에는 몇 장이 종이가 클립에 끼워져 함께 있었다.

김기춘은 끼워져 있던 서류를 분리해 사진 옆에 내려놓았다.

그 행동에 따라 황준표는 자신도 모르게 그곳으로 시선을 주었다.

그 순간, 서류 상단에 굵게 표시된 글씨가 강렬하게 들어왔다.

"사이고 다카모리가 일본국가안보국(NNSA) 국장이라니……."

황준표는 사이고 다카모리의 사진 옆에 놓인 서류를 보고 너무 놀라 중얼거렸다.

황준표도 NNSA가 어떤 조직인지는 잘 알고 있었다.

총리 직속 내각조사실의 기능을 확대 개편한 정보 조직이며, 대한민국의 국정원보다 더 폭넓은 정보활동을 하는 곳이란 것도 익히 알고 있는 바였다.

필요에 따라서는 적대국의 요인 암살도 하는 조직의 수장을 자신이 만났다는 것을 이제야 알게 된 것이다.

당시 일본 총리가 총애하는 인물이라고 이토 곤스케에게 소개를 받기는 했지만, 설마 그가 NNSA의 수장일 줄은 미처 몰랐다.

더욱이 그를 소개한 이토 곤스케의 정체도 자신이 알고 있던 것과는 달랐다.

단순히 일본 대사관 직원으로만 알고 있었는데, 사실은 대사관 직원이 아닌 NNSA의 한국 지부장이었던 것이다.

한국 내에서 일본에 유리한 정책이 이루어질 수 있게끔 공작 활동을 하고 있으며, 그에게 포섭된 국내 정치인들이 상당하다는 것도 서류에 일목요연하게 나열되어 있었다.

"아……!"

자료를 읽어가던 황준표는 머릿속이 멍해짐을 느꼈다.

누군가에게 기습적으로 뒤통수를 한 대 세게 얻어맞은 것 마냥 띵했다.

빠져나갈 틈이 전혀 없는 올가미에 묶였다는 것을 그제야 깨닫게 되었다.

이미 국정원에서는 모든 증거를 가지고 자신을 붙잡은 것이다.

평소라면 국회의원을 감시했다고 항변할 수도 있겠지만, 방금 김기춘 차장이 말했다시피 자신은 외국 정보기관의 수장과 비밀리에 회동을 했다.

그리고 자신은 전략물자를 생산하는 국내 업체를 곤경에 빠뜨리려는 음모를 꾸미려 하지 않았나.

그런 정보가 모두 알려진 상태에서 자신이 아무리 여당의 원내총무라 해도 버틸 여지는 없었다.

"당신의 잘못을 인정하나?"

"……."

황준표는 아무런 대답을 할 수가 없었다.

아니, 그럴 정신이 없다고 하는 표현이 맞을 것이다.

어렵게 정계 복귀를 하였는데, 그보다 더한 나락으로 빠져 버렸으니 정신이 없는 것은 당연했다.

연좌제(緣坐制)라는 것이 현대에 들어와 사라지기 했지만, 간첩 행위에 대한 사항은 암묵적으로 유지가 되고 있었다.

그 말이 무슨 말인가 하면, 가족 중 한 명이 간첩 행위를 하다가 잡히게 되면 정서상 나머지 가족들도 간첩으로 몰려 불이익을 당했다.

취직이나 사회활동 전반에 걸쳐 주홍 글씨가 새겨져 두고 두고 피해를 입는 것이다.

그러니 황준표가 지금 이 순간에 느끼는 절망은 이루 말할 수 없었다.

자신이야 이젠 나이가 있으니 어찌 버틴다 해도 자식이나 손자들은 어떻게 될지 앞날이 암담했다.

다행이라면 손자들은 외국 국적을 가지고 있어 그나마 다행이지만, 자식들은 아니었다.

황준표의 절망하는 표정을 잠시 지켜보던 김기춘 차장은 이젠 당근을 줄 차례라 생각해 제안을 하였다.

"CIA 극동 지부장을 만나 나눈 이야기를 진술하고, 또 그동안 당신이 저질러 온 불법 사안들을 시인한다면 간첩 행위는 무마해 주지."

김기춘은 솔직히 황준표를 용서하고 싶은 마음이 없었다.

하지만 어찌 되었든 황준표는 여당인 한국당의 원내총무였다.

그를 따르는 국회의원도 많을 뿐 아니라 여당 내에서 그의 입김은 무척이나 컸다.

그런데 만약 간첩 행위로 처벌을 하게 된다면, 자칫 빈대 잡으려다 초가삼간을 태울 수도 있는 일이었다.

대한민국은 한반도를 통일하면서 겉으로는 평화가 도래한 것처럼 보였다.

하지만 그 안을 들여다보면 아직도 많은 불안 요소가 있었다.

아직 소탕하지 못한 구북한 지휘관들이 남아 있고, 또 이념적으로 갈라져 대립해 온 남과 북이 화합을 하기에 3년이라는 세월은 그리 긴 시간이 아니었다.

그렇기에 정부는 정책 수행을 하는 데 있어 아직도 살얼음판을 걷듯 그 행보가 조심스러웠다.

그런 가운데 동맹인 미국이나 일본 또한 자국의 이익을 위해 호시탐탐 대한민국을 노리고 있었다.

그러니 윤재인 대통령은 썩은 부위를 도려내는 대수술을 감행하면서도 외부에 허점을 보이지 않기 위해 최대한 소음이 발생하지 않기를 바랐다.

미국이나 일본 모두 겉으로는 동맹이라고 하지만 어차피 모두 자국의 이득을 위해 손을 잡은 것일 뿐, 결코 인도주의적 입장에 입각해 도움을 주려고 하는 것은 아니었다.

아무리 동맹이라도 자국의 이익 앞에서는 적과 하등 다를 것이 없는 것이 국제관계인 것이다.

그러니 황준표나 손익규처럼 자신의 이득을 위해 외국의 정보기관과 손잡은 이들을 처리하면서도 큰 소란이 일어나서는 안 되었다.

GREAT
그레이트 코리아
KOREA

더욱이 황준표의 뒤에는 미국의 CIA가 있지 않은가.

아직 대한민국이 홀로 미국의 부당함을 맞서기엔 한참이나 부족한 상황이었다.

차후 대한민국이 동북아시아에서 홀로서기를 할 수만 있다면, 그때는 사정이 다르겠지만.

이보 전진을 위해 일보 후퇴를 하는 것이니, 지금은 묵묵히 참으며 내부를 다스려야 할 때였다.

"물론 불법을 저지른 것에 대한 죄값은 치러야 하겠지만 말이야."

김기춘은 의자에 기대 팔짱을 끼며 맞은편에 앉아 있는 황준표를 지그시 쳐다보았다.

잠시 고민하던 황준표는 결국 그의 말대로 따르는 것이 최선이란 것을 깨달았다.

"알겠소. 내 모든 것을 인정하고 진술할 테니, 나만 처벌하고 끝내 주시오."

드르륵.

황준표가 항복 선언을 하자 김기춘은 자리에서 일어나 거울이 있는 쪽으로 손짓을 하였다.

그것은 특수 제작된 거울로, 이곳에서는 볼 수 없지만 거울 뒤쪽에서는 이곳을 확인할 수 있었다.

김기춘의 손짓에 국정원 요원 한 명이 방으로 들어와 그가 하는 진술을 녹음하였다.

황준표가 들려준 이야기는 참으로 엄청난 것이었다.

정계에 복귀할 수 있도록 도와준 CIA나 그것을 약점 삼아 협박을 해온 일본의 NNSA의 목표가 너무도 황당했기 때문이다.

그들은 라이프 메디텍이 파워 슈트를 개발했을 뿐 아니라 실용화하였다는 사실을 알고 있었다.

뿐만 아니라 신형 순양함인 해모수함의 비밀을 CIA가 알아내 설계도를 빼돌리려고 하였다는 것이다.

두 무기 모두 라이프 메디텍의 파주 연구소에서 개발되었고, 그 모든 것을 정수한 박사가 개발했다고 추정까지 하고 있었다.

그런 이유로 CIA는 정수한 박사를 어떻게든 미국으로 데려가려고 황준표에게 지시를 내린 상태였다.

무슨 수를 써서라도 정수한 박사를 추방시키도록.

물론 일본은 그러한 사실까지는 모른 채 그저 정수한 박사가 개발한 무기들의 설계도를 얻기 위해 황준표를 협박한 것이지만 말이다.

4.
청혼

부릉!

수한은 루나를 만나러 가기 위해 차에 시동을 걸었다.

— 청와대 대변인의 말에 의하면, 이번 국회의원들의 비리 수사는 대통령의 강력한 의지에 따라 국민이 수긍할 수 있도록 투명하고 공정성 있는, 성역 없는 수사를 지시하였다고 합니다. 하지만 야당은 이것이 청와대가 대선을 앞두고 야당을 탄압하기 위한 행위라며 강도 높게 비판을 하고 있습니다. 그렇지만 이번 검찰에 소환 명령을 받은 국회의원은 야당 의원만이 아니라 여당의 의원도 상당수 포함된 것으로 전해지면서 야당의 주장은 힘을 싣지 못하고 있습니

다. 청와대는…….

차에 시동이 걸리자 라디오에 국회의원들에 대한 비리 수사 내용이 흘러나왔다.

일부 의원들이 담합을 통해 자신의 회사를 어떻게 해보려다 불거진 일이기에 동정하고 싶은 마음이 전혀 들지 않았다.

"여보세요."

수한은 차를 출발시키며 루나에게 전화를 걸었다.

"응. 지금 출발하는데, 한 시간쯤 걸릴 것 같아."

오늘 수한은 루나와 데이트가 잡혀 있었다.

어제저녁 가족 모임 중 나온 이야기 때문에 수한이 전화를 걸어 약속을 잡은 것이다.

마침 그녀의 드라마 촬영도 오후 6시쯤이면 끝날 예정이라 자신이 조금 일찍 퇴근을 하면 얼추 시간이 맞을 것 같았다.

연구가 거의 끝나감에 따라 이제 자신이 굳이 나서서 지휘하지 않아도 되었기에 이제는 데이트를 위한 시간도 낼 수 있었다.

"음……."

수한은 한창 드라마 촬영이 진행되고 있을 일산으로 향하며 문득 어제 누나와 나눈 이야기를 떠올렸다.

◆　　◆　　◆

한남동, 천하 그룹 회장 사택.

영화에서나 나옴직한 긴 식탁에 천하 그룹 정 회장의 가족들이 모여 식사를 하고 있었다.

가장 상석에 앉아 있던 정대한 회장이 문득 장성한 손자, 손녀들을 돌아보았다.

그들 중에는 결혼을 하여 자식을 본 이도 있어 4대가 함께하는 자리였다.

사업도 승승장구하고 있고, 자식들도 건강하게 잘 자라고 있는 모습을 보니 밥을 먹지 않아도 배가 부를 지경이었다.

따듯한 눈빛으로 손자들을 둘러보던 정대한 회장의 눈에 식탁 끝 말석에 앉아 있는 이들이 눈에 띄었다.

자신의 반대를 무릅쓰고 연애결혼을 하고, 한때 의절까지 했던 아들의 자식들이다.

물론 현재는 가장 사랑하는 손자와 손녀이기도 했다.

보고만 있어도 든든한.

그중 정수정은 손주들 중 유일한 손녀이기에 가장 기꺼운데다 능력 또한 뛰어나 더욱 애정이 갔다.

하지만 그 옆에 앉아 있는 막내 손자에 대해서는 뭐라 표현하기조차 어려웠다.

정말이지, 정대한이 생각하기에 정수한은 두말할 것도 없는 천재였다.

자신의 손자이긴 하지만, 경외감이 절로 들 정도로 뛰어난 인물인 것이다.

그런던 정대한이 수한과 수정 남매를 지그시 바라보며 문득 물었다.

"수정아."

"예, 할아버지."

수정은 이미 식사를 마쳐 수저를 내려놓고 어른들이 식사를 끝내길 기다리고 있었는데, 갑작스럽게 자신을 부르는 할아버지의 말에 얼른 대답을 하였다.

그런데 연이어진 질문에 그만 입을 다물고 말았다.

"수정이도 이제 결혼해야지?"

수정은 정대한 회장의 물음에 표정이 굳어졌다.

그도 그럴 것이, 그녀는 얼마 전 사귀던 남자와 헤어졌기 때문이다.

남들 모르게 비밀 연애를 해왔지만, 결과는 그리 좋지 못했다.

5년 전, 서로 호감을 느껴 연애를 시작한 그 사람도 같은 직종의 연예인이었다.

그런 탓에 잦은 해외 공연과 스케줄로 인해 자주 만나지는 못했지만, 그런 중에도 서로를 위로하며 힘이 되어주며 연애를 하였다.

하지만 팬들의 시선을 피해 연애를 하다 보니 그만 한계에 부딪치고 말았다.

마치 비밀 작전을 하는 것처럼 만나다 보니 그만 지쳐 버린 것이다.

자신들이 범죄자도 아니고, 이게 대체 연애를 하는 것인지 사람들을 피해 도피를 하는 것인지 경계가 모호해져 버렸다.

때문에 최근 자주 다툼을 벌였다.

상대편 남자도 지쳤는지 예전과 다르게 화를 내는 자신을 위로하기보다는 같이 짜증을 내는 빈도가 높아졌다.

수정은 이렇게 가다가는 좋은 관계마저 해칠 것 같아 이쯤에서 끝내기로 결정을 하였다.

물론 그 결정이 쉬운 것은 아니었다.

정말로 끝까지 함께할 것이라 생각했기에 자주 만나지는

못해도 마음을 다해 진지하게 사귀었다.

만약 그가 원했다면 연예 활동을 중단하고 내조할 생각까지 했다.

하지만 이젠 그 모든 일들이 과거가 되어버렸다.

잠시 안 좋았던 추억이 떠오르자 수정은 표정이 굳어졌다.

그런 수정의 모습에 정대한은 뭔가 알고 있는 듯 더 이상 질문을 하지 않았다.

그러고는 이번엔 수한을 쳐다보며 이야기를 하였다.

"수한이, 너도 이제 나이가 27살이나 되었는데, 아직 소식 없느냐?"

수정과 다르게 수한이 지금 연애를 하고 있다는 것은 가족들 모두가 알고 있는 사실이었다.

그리고 수한이 사귀고 있는 여자가 수정과 같은 그룹에 있는 멤버란 것도.

그러니 물어보는 것도 자연스러웠다.

"예, 잘 지내고 있습니다."

수한은 가볍게 대답을 하였다.

하지만 그것은 정대한이 원하는 대답이 아니었다.

가문에 전해 내려오는 무술을 오래전부터 수련을 하고,

또 건강에 신경을 써서 잘 관리를 하고 있다고는 하지만, 정대한의 나이도 벌써 아흔에 가까웠다.

과학이 발달하고 또 평균 수명이 늘긴 했어도 아흔이란 나이는 '안녕히 주무셨습니까?' 라는 인사를 진짜로 받아도 하등 이상할 것이 없는 나이이다.

그래서 죽기 전에 막내 손자의 자식도 보고 싶은 욕심에 물은 것인데, 수한이 엉뚱한 대답을 하자 약이 올라 끈질기게 추궁을 하였다.

"누가 그걸 몰라서 물어보겠냐! 너도 어서 빨리 결혼을 해야지."

"음⋯⋯."

수한은 느닷없이 결혼 이야기를 꺼내는 할아버지가 이상했다.

자신과 누나의 결혼에 대하여 관심을 보이는 태도가 여간 부자연스러운 것이 아니었다.

"아직 제가 할 일이 있어서 결혼은 좀 더 나중에 할 생각입니다."

수한은 괜히 여기서 말을 잘못 꺼냈다가는 계속해서 이야기가 길어질 것 같아 대답을 돌렸다.

수한이 결론을 내리듯 대답하자 정대한도 더 이상 묻지

않고 그만 자리에서 일어났다.

"그래, 그건 네 알아서 하거라. 자, 이제 다들 밥을 다 먹었으니 그만 일어나자꾸나."

"예, 잘 먹었습니다."

"잘 먹었습니다."

사람들이 자리에서 일어나는 와중에 수정은 수한의 귀에 조그맣게 이야기를 하였다.

"잠시 이야기 좀 하자."

'무슨 일이지?'

수한은 자신을 부르는 수정의 모습에 고개를 갸웃거리며 의아해하였다.

저택 바깥으로 나가는 수정의 모습에 수한을 말없이 따라나섰다.

그러고는 정원 모퉁이에 있는 연못가에 서 있는 수정의 모습을 보고 그곳으로 다가갔다.

정원은 메마른 잔디와 앙상한 나무들로 인해 무척이나 삭막한 분위기가 느껴졌는데, 수정이 서 있는 모습 또한 무척이나 쓸쓸해 보였다.

"누나, 무슨 일이야?"

수한은 수정이 곁으로 다가가 물었다.

말없이 연못을 보고 있던 수정은 그제야 시선을 돌리며 차분히 말을 하였다.

"수한아."

"응?"

"내 말 오해하지 말고 들어."

"무슨 말인데 그러는 거야? 불안하게."

수한은 심각한 수정의 태도에 괜히 너스레를 떨었다.

하지만 수정은 표정 하나 바꾸지 않은 채 냉정하게 말을 이어 나갔다.

"조금 전 할아버지가 네 결혼에 관해 물었지?"

"응. 근데 그건 나뿐만 아니라 누나 결혼에 관해서도……."

"응, 그래. 일단 내 말 먼저 들어봐."

"알았어, 말해."

수한은 수정이 바로 말을 도중에 끊으며 이야기를 하자 가볍게 여기던 생각을 접고 진지하게 듣기로 마음먹었다.

"남자는 모르겠지만, 여자는 나이가 들수록 결혼에 대해 불안감을 느껴."

"……?"

"나… 사귀던 사람과 헤어졌어."

"뭐?"

수한은 수정의 말에 깜짝 놀랐다.

다른 가족들은 잘 모르고 있지만, 수한은 수정이 5년 전부터 동료 연예인과 비밀 연애를 하고 있다는 사실을 알고 있었다.

가족들의 안전을 위해 붙여둔 라이프 메디텍 특별 경호대를 통해 가족과 그 주변 소식을 모두 듣고 있었기 때문이다.

그런데 헤어졌다는 소식은 수한으로서도 처음 듣는 얘기라 조금은 충격이었다.

두 사람이 잘 어울린다고 생각했는데 무슨 이유로 헤어졌는지 무척이나 궁금해졌다.

"뭐, 막 싸우고 나쁘게 헤어진 것은 아니니 너무 걱정할 것은 없어. 그저 그 사람이나 나나 모두 힘든 연애에 지쳤을 뿐이야."

스스로 말을 하면서도 수정은 다시금 수긍했다.

그렇게 신경질을 내고, 또 서로에 대하여 짜증을 냈던 이유가 지금 말을 하다 보니 그런 이유에서였다.

"참, 내가 어디까지 이야기했지?"

애인과 헤어진 이유를 곰곰이 떠올리던 수정은 문득 자신이 동생과 이야기를 하고 있었다는 것을 깨닫고 다시 정신을 차렸다.

"응, 누나가 남자 친구와 헤어진 것까지 이야기했어."

"아, 그래. 일단 내 이야기는 거기까지 하고……. 네가 일이 많다는 것은 나도 잘 알고, 또 루나도 충분히 이해하고 있는 부분이야."

수정은 자신에 대한 이야기를 하다 말고 갑자기 수한과 루나에 대한 이야기를 꺼내들었다.

"그런데 너도 알겠지만, 여자 나이 서른이면 결코 적은 게 아니야. 물론 요즘 세대들은 늦게 결혼하는 것에 대하여 별로 대수롭지 않게 생각하기는 하지만, 그래도 2세를 생각하면 결코 바람직하진 않다고 생각해. 물론 나도 늦기는 했지만……."

수정은 말을 하면서도 자신의 나이를 생각하니 면목이 서지 않아 결국 얼버무리고 말았다.

그런 수정의 모습에 수한은 누나가 지금 무슨 생각으로 이야기를 꺼냈는지 깨달을 수 있었다.

자신이 지금 사귀고 있는 루나는 수정이 속해 있는 그룹의 멤버.

당연히 두 사람이 서로 아끼고 사랑하는, 마치 가족 같은 관계란 것을 잘 알고 있었다.

그러다 보니 수정의 입장에서는 자신과 루나, 모두 걱정이 되어 이런 말을 하는 것이리라.

"미안. 그동안 내가 너무 내 자신만 생각하고 있던 것 같네. 사실 나도 루나가 싫어서 결혼을 미루는 것은 아니야. 지금은 해야 할 일이 있기에 결혼을 하지 않은 것뿐이지. 누나도 알겠지만, 나⋯ 결혼을 하면 최대한 자식 많이 나을 거야. 그래야 부모님은 물론이고, 양어머니에게도 품에 손자를 안겨 드리지."

수한은 수정이 무엇을 걱정하는지 알 것 같아 안심시켜 주었다.

동시에 자신이 그간 너무 자신만 생각했다는 것을 비로소 깨달았다.

"그래. 네가 그렇게 이야기를 해주니 안심이 된다."

"응. 나도 최대한 빨리 일을 마무리 짓고 나면 청혼을 할 테니까 누나도 어서 빨리 좋은 사람 찾아봐."

"그래, 알았다. 그럼 난 그렇게 알고 먼저 들어간다."

"응, 먼저 들어가. 난 생각 좀 할 게 있어서 좀 있다 들어갈게."

"응, 춥다. 너무 늦게 않게 들어와."

"알았어. 어서 들어가."

대화를 끝낸 수정은 그제야 찬 기운을 느낀 듯 빠른 걸음으로 집 안에 들어갔다.

수정이 들어가는 모습을 지켜보던 수한은 조금 전에 나눈 이야기를 다시 한 번 곱씹었다.

자신이 루나에게 너무 무관심했던 것은 아닌가 하는 고민이었다.

결론은 그렇다였다.

되돌아 떠올려 보면, 언제나 연락은 루나가 먼저 하였다.

사귀자고 말을 꺼낸 것도 루나였고, 첫 데이트 약속을 잡은 것도 루나였다.

남자인 자신보다 루나가 더욱 적극적으로 다가와 주었다는 것을 새삼 깨닫게 되었다.

뿐만 아니라 루나는 연구 때문에 자신이 시간을 못 내더라도 싫은 내색을 보이지 않고 너그럽게 받아주었다.

생각이 거기까지 미치자 수한은 루나에게 너무도 미안한 마음이 들었다.

결국 오늘은 자신이 먼저 연락을 하여 데이트 약속을 잡기로 하였다.

웅성웅성!

"수고하십니다."

수한은 드라마 촬영장으로 들어서며 루나의 매니저인 미숙을 보며 인사를 건넸다.

루나와 수한이 연인 관계인 것을 잘 알고 있는 미숙은 수한이 드라마 촬영장에 찾아왔어도 별로 놀라지 않았다.

조금 전, 수한이 미리 전화를 했기 때문이다.

수한은 드라마 녹화가 아직 끝나지 않은 것에 고개를 갸웃거렸다.

루나에게 오후 5시면 촬영이 모두 끝난다고 들었기 때문이다.

하지만 지금 시각은 저녁 8시.

그런데도 현장에서는 아직도 촬영이 이어지고 있었다.

"오셨습니까?"

"네. 그런데 아직 촬영이 끝나지 않았나 보네요?"

"예. 오늘 주연 배우 한 명이 좀 늦게 오시는 바람에 촬영이 아직……."

그 말을 들은 수한은 아무리 주연이라고 하지만 참으로

프로 의식이 없는 사람이라는 생각이 들었다.

"어? 자기 왔어?"

그때, 잠시 촬영이 중단되고 뜨거운 조명 탓에 지워진 화장을 고치려 세트장에서 나오던 루나가 수한을 발견했다.

"언제 온 거야?"

루나는 수한이 찾아온 것이 기쁜지 미소를 지으며 귀엽게 물었다.

해가 바뀌어 서른이 되었는데도 그녀는 수한에게 어리광을 부리며 매달렸다.

수한은 그저 미소를 지으며 그녀의 이마에 흐르는 땀을 닦아주었다.

"밖은 추운데, 여긴 열기가 아주 뜨겁네?"

"응. 모두 열정을 가지고 하다 보니 추운 줄 전혀 모르겠어."

루나는 잠시 촬영이 중단된 세트장을 돌아보며 말했다.

그녀의 말처럼 다음 촬영을 위해 이것저것 준비를 하며 분주하게 움직이는 스텝들의 모습이 보였다.

"루나야, 누구야?"

수한과 루나가 다정하게 촬영장 한쪽에서 이야기를 하고 있을 때, 누군가 다가와 루나에게 말을 걸었다.

이번 드라마에서 남자 주인공 역할을 맡은 박현빈이었다.

그는 요즘 한창 뜨는 남자 탤런트 중 한 명으로, 대한민국 아줌마들의 열렬한 지지를 받고 있는 스타였다.

그런 그가 요즘 루나에게 관심을 보이며 주변을 서성이는 중이었다.

한데 평소 남자를 만나는 것 같지 않던 루나의 곁에 한 번도 본 적이 없는 사내가 다정하게 이야기를 하고 있자 서둘러 접근한 것이다.

"아, 선배님. 제 남자 친구예요. 수한 씨, 이쪽은 이번 드라마에서 주인공을 맡으신 박현빈 선배님이야."

루나는 얼른 자리에서 일어나 수한을 소개해 주었다.

"안녕하십니까, 정수한이라고 합니다."

수한 역시 자리에서 일어나 인사를 건네며 자신을 소개했다.

수한의 반응에 박현빈은 속으로 적잖이 당황했다.

'날 모르는 것인가?'

수한은 당황하는 박현빈의 모습에 고개를 갸웃거렸다.

"이거, 날 못 알아보는 것을 보니 내가 좀 더 노력을 해야겠는걸."

박현빈은 자신의 실수를 깨닫고 얼른 너스레를 떨었다.

"선배님, 우리 수한 씨는 연예인에 대해 잘 몰라요. 하는 일이 연예계와는 전혀 달라서……."

루나는 조심스럽게 수한의 상황을 박현빈에게 설명해 주었다.

혹시나 그가 수한을 오해하여 안 좋게 여길까 봐서였다.

하지만 그런 루나의 모습이 수한에게는 결코 좋게 보이지는 않았다.

자신의 여자라 생각되는 루나였기에 다른 사람 앞에서 저자세를 보이는 게 마음에 걸린 것이다.

그럼에도 수한은 루나가 하는 것을 말리지는 않았다.

자신이 모르는 이들만의 질서가 있을 것이라 생각했기에.

그랬기에 조용히 루나가 하는 모습을 지켜보았다.

그런데 수한의 모습이 뭐가 그리 기분이 마음에 들지 않는 것인지 박현빈의 반응은 날이 서 있었다.

"하는 일이 달라? 뭐, 그럴 수 있겠지. 그런데 일반인이 촬영장에 막 들어와도 되는 건가?"

갑작스런 큰 소리에 주변에 있던 드라마 출연자와 촬영 스텝들의 시선이 모두 이쪽으로 쏠렸다.

"네가 유명한 스타란 것은 알겠는데, 그건 가요계 쪽이고… 이쪽으로는 신인이라면 신인인데 촬영장에 남자를 끌어들이다니. 너, 참 가지가지 한다."

박현빈은 뭐가 그리 꼬였는지 급기야 루나를 상대로 해서는 안 될 말까지 내뱉고 말았다.

그 말에 충격을 받았는지 당황한 루나는 입을 벌린 채 아무런 행동도 하지 못했다.

"뭐야? 무슨 일이야?"

소란이 커지자 급기야 한쪽에서 지금까지 촬영된 것을 점검하고 있던 감독까지 다가오며 소리쳤다.

"아니, 김 PD. 겨우 신인이 촬영장에 남자를 데려온다는 것이 말이나 돼?"

드라마 감독이 다가오자 박현빈은 일부러 일을 키우려는 것인지 큰 소리로 소리쳤다.

그런 박현빈의 말에 다가오던 감독은 표정을 굳혔다.

'젠장… 저 새끼, 또 병이 도졌군.'

드라마 감독인 김형석 PD는 박현빈의 부리는 수작에 속으로 생각했다.

사실 많은 숫자는 아니지만, 몇몇 드라마 감독이나 관계자들에게 박현빈의 병 아닌 병은 유명했다.

일반인이나 신인들은 모르는 박현빈의 병.

그건 바로 마음에 드는 여자가 있으면 마치 초등학생이

되기라도 한 양 괴롭힌다는 것이다.

그것도 공개적으로 사람들에게 면박을 줘 기를 죽이고 나중에 조금씩 친절을 베풀면서 여장의 호감을 자극하는 것이다.

그렇게 관계가 개선되면 자신의 잠자리로 끌어들이는 것이 최종 종착지였다.

그렇다고 해서 그 관계가 오래가는 것도 아니었다.

몇 번 관계를 가지고 난 후에는 금방 싫증을 내고 헤어지는 것이다.

그래서 일부 방송 관계자들에게는 블랙리스트에 올라가 있을 정도였다.

하지만 지금 박현빈은 상대를 잘못 건드렸다는 것을 꿈에도 알지 못했다.

"당신, 방금 한 말 루나에게 사과하시오."

수한은 도를 넘어선 박현빈의 행동에 단호한 목소리로 꾸짖었다.

하지만 수한이 자신을 알아보지도 못할 정도로 평범한 남자라 생각한 박현빈은 그 모습이 가소롭다는 태도였다.

비록 루나가 유명 아이돌 그룹의 멤버이고 천하 엔터라는 대형 기획사에 소속되어 있다고는 하지만, 자신 또한 그에 못지않은 인기 스타이고 천하 엔터에 뒤지지 않는 대형 기획사에 속해 있었다.

더욱이 자신은 루나보다 연예계 선배였다.

만약 루나와 자신 간에 문제가 불거지면 더 큰 피해를 입는 것은 루나였다.

"가지가지 하네."

박현빈은 기도 차지 않다는 듯 수한에게 향했던 시선을 루나에게 돌리며 비웃었다.

하지만 이게 웬일인가.

자신을 바라보는 루나의 표정이 이상했다.

"너, 선배를 보는 시선이 그게 뭐야? 이거, 개념이 없구만! 김 PD, 나 오늘 이런 기분으로는 더 이상 촬영 못하겠으니 알아서 해!"

예상 못한 루나의 시선에 기분이 상한 박현빈은 강짜를 부리며 촬영장을 빠져나갔다.

그러자 김형석 PD는 물론이고, 남아 있던 스텝과 탤런트들은 그야말로 기가 막혔다.

사실 주인공인 박현빈이 늦게 나타난 탓에 촬영 시간이 이렇게나 늦어진 것이었다.

그런데 지금 그가 적반하장으로 루나를 핑계로 촬영을 중단하고 이탈하는 것이었다.

"이봐, 박현빈! 박현빈이!"

김형석 PD는 급하게 박현빈을 불렀지만, 그는 뒤도 돌아보지 않고 촬영장을 빠져나갔다.

"죄송합니다."

루나는 자신 때문에 일이 이렇게 된 것 같다고 느껴 얼른 고개를 숙이며 주변 사람들에게 사과하였다.

"아나, 젠장!"

하지만 그럼에도 촬영장의 분위기는 바뀌지 않았다.

주연 배우가 촬영 거부를 하고 촬영장을 빠져나갔으니 분위기가 엉망이 되는 것은 당연했다.

분명 루나의 잘못은 아니었지만.

"아니야. 루나 씨가 잘못한 것이 뭐가 있겠어. 다 성격 지랄 같은 박현빈 때문이지."

김형석 PD는 분을 삭이며 침착하게 말을 하였다.

수한은 그나마 그가 상황을 정확히 보고 있다고 생각을 하니 조금은 마음이 놓였다.

하지만 그렇다고 해서 조금 전 박현빈의 행동이 용서가 되는 것은 아니었다.

"저거, 박현빈이 고질병이야. 관심 있는 여자에게 못되게 구는, 전형적인 초등학교 남학생 성격. 그러니 루나 씨는 너무 신경 쓰지 마."

김형석 PD는 오히려 루나에게 위로를 해주었다.

"그런데 옆에 있는 분은 누구야?"

"네, 제 애인이에요."

김형석 PD는 가라앉은 촬영장 분위기를 바꾸기 위해 루나의 옆에 서 있는 수한을 가리키며 물었다.

그런 김형석의 질문에 루나는 얼른 수한을 소개하였다.

"애인?"

루나는 물론이고, 루나가 속한 파이브 돌스에게 애인이 있다는 소문을 들어보지 못한 김형석 PD였다.

그런데 느닷없이 애인이라고 말을 하니 놀라지 않을 수가 없었다.

더불어 그의 눈이 휘둥그레졌다.

그런 것은 비단 김형석만이 아니었다.

조금 전 소동으로 인해 주변에 있던 많은 사람들의 시선이 집중되어 있는 상황이었다.

그랬기에 그들도 사실 루나의 옆에 있는 수한의 정체가 궁금했다.

그런데 루나의 애인이라고 하지 모두 놀란 것이다.

그야말로 충격적인 선언이었다.

"아, 나 저 사람 누군지 알아!"

모두가 충격에 빠져 있을 때, 누군가 수한을 알고 있다는 듯 말을 하는 사람이 있었다.

"누군데?"

"누구야?"

"저 사람 파이브 돌스의 리더, 크리스탈의 동생이야!"

"크리스탈 동생?"

"응, 몇 년 전인가 신문에 크게 났던 파이브 돌스 스캔들 있잖아. 거기 스캔들남이라 불렸다가 그가 사실은 어릴 때 유괴되었다가 20여 년 만에 돌아온 크리스탈의 동생이라고 나왔잖아!"

"아!"

누가 말을 꺼낸 것인지 모르겠지만, 그 사람의 정보는 정확했다.

사실 수한의 입장에서는 7년도 더 된 일을 기억하고 있는 것이 더 놀라웠지만.

한편, 수한의 정체를 뜻하지 않은 곳에서 알게 된 김형석 PD는 눈을 반짝였다.

파이브 돌스의 리더인 크리스탈의 집안이 어디인지 잘 알고 있기 때문이다.

대한민국 재계 서열 3위에 위치한 천하 그룹의 총회장이 바로 크리스탈의 친할아버지였다.

그 말인즉, 루나의 애인이란 사람도 천하 그룹 사람이라는 소리였다.

사실 그는 드라마 주인공인 박현빈이 저렇게 깽판을 쳐놓고 나가 버리자 무척이나 난감했다.

분명 루나를 어떻게 해보려고 일부러 촬영장 분위기를 망쳐 놓은 게 분명한 것이다.

아무리 루나가 핫한 스타라고 하지만, 드라마국 소속인 김형석 PD로서는 박현빈을 더 신경을 쓸 수밖에 없었다.

더욱이 그는 이번 드라마의 남자 주인공이고, 루나는 조연이었다.

당연히 비중이 박현빈에게 쏠릴 수밖에 없는 것이다.

그런데 조금 전 난리를 치고 간 박현빈이 생각지 못한 것이 있었다.

그건 바로 루나의 애인인 수한의 정체였다.

이번 드라마의 최대 스폰서는 다름 아닌 천하 그룹이었다.

한데 박현빈은 천하 그룹의 직계인 수한을 무시하고, 또 애인인 루나를 모욕했다.

김형석이 오랜 기간 쌓아온 경험으로 봤을 때, 박현빈은 머지않아 루나에게 고개를 숙이고 사과를 해야 할 것이다.

그것이 박현빈의 진심일지 아닐지는 모르겠지만, 아무튼 그럴 수밖에 없는 것이 당연한 현실이었다.

또 그로 인해 박현빈은 드라마 촬영이 끝날 때까지 예전 버릇을 감추고 촬영에 임할 것이 분명했다.

김형석은 그런 생각이 들자 오히려 잘됐다는 생각이 들었다.

요즘 인기가 좀 올랐다고 안하무인으로 행동하며 촬영 시간까지 제멋대로 정하려는 박현빈의 모습이 고깝게 느껴지던 김형석이었다.

아마도 이번 일로 박현빈과 그가 소속된 케이스트는 큰 타격을 입을 것이 분명했다.

다른 누구도 아니고, 천하 그룹을 건드렸으니 이후의 일은 보지 않아도 뻔했다.

"주인공이 저렇게 가버렸으니 더 이상 촬영을 할 순 없겠군. 모두 이만 퇴근들 하지."

"네."

"정말 죄송해요, 감독님."

"아니야. 어쩌겠어, 흥행 보증수표랍시고 위에서 저런 것을 주인공으로 뽑아놨으니 내가 감내해야지."

김형석은 거듭 사과하는 루나에게 손사래를 치며 달랬다.

그러자 수한이 조용히 김형석에게 말을 걸었다.

"그럼 촬영이 끝난 것입니까?"

"예. 촬영을 하고 싶어도 주인공이 없으니 접어야지요. 쩝."

김형석은 입맛을 다지며 아쉽다는 듯 대답하였다.

아직 일정에 쫓기는 것은 아니지만, 요즘 박현빈이 계속해서 촬영 스케줄에 따르지 않고 개인 사정으로 펑크를 내거나 지각하는 일이 빈번해지자 마음이 조급해졌다.

이러다가는 정말로 예전처럼 날밤을 새며 촬영을 하게 될지도 모르기 때문이다.

"그럼 저희 때문에 촬영이 중단되었으니 사과하는 뜻으로 제가 여러분에게 저녁을 사고 싶은데, 어떠세요?"

수한은 괜히 자신 때문에 루나가 불이익을 당하지 않게 하기 위해 촬영장 사람들에게 제안을 하였다.

배우는 물론이고, 촬영 스텝들의 숫자를 합치면 이 자리에 있는 인원은 무려 80여 명이나 되었다.

그런데 그 많은 인원에게 저녁을 사겠다는 제안을 한 것이다.

GREAT
NOREA
그레이트 코리아

"네? 지금 촬영장에 있는 모든 사람들에게 저녁을 사시겠다고요?"

김형석은 도저히 믿기지 않아 물었다.

"예. 루나 씨를 보기 위해 촬영장을 찾았다가 본의 아니게 피해를 끼치게 되었으니, 사과하는 의미로 제가 모든 분들게 저녁을 사겠습니다."

수한은 자신의 마음을 그대로 표현하였다.

"허허, 저녁을 사시겠다는데, 거절을 하면 안 되겠지요?"

"그렇습니다. 제가 좋은 곳으로 모시겠습니다."

그러자 김형석은 촬영장에 있는 사람들에게 큰 소리로 외쳤다.

"오늘 루나 씨 애인분께서 우리에게 저녁을 쏘겠답니다. 시간 되는 사람은 모두 참석하시기 바랍니다!"

"야호!"

김형석의 말이 끝나기 무섭게 여기저기서 환호성이 울려 퍼졌다.

아닌 게 아니라, 다들 늦게까지 촬영을 하다 보니 너무도 배가 고팠기 때문이다.

수한은 기뻐하는 사람들의 모습을 지켜보다 잠시 촬영장을 빠져나와 어디론가 전화를 걸었다.

촬영장 식구 전원을 수용할 수 있는 음식점을 수배하기 위해 그의 양어머니인 최성희에게 도움을 청한 것이다.

자신은 연구를 하느라 그런 것에 대해선 잘 알지 못했다.

때문에 라이프 메디텍의 자선 재단을 운영하는 최성희라면 그런 곳을 잘 알 것이라는 생각을 했다.

그리고 예상대로 최성희는 좋은 곳을 소개해 주었다.

달그락.

"오늘 어땠어?"

수한은 커피를 마시며 루나에게 물었다.

"으응? 방금 뭐라고 했어?"

멍하니 수한의 얼굴을 쳐다보고 있던 루나는 갑작스러운 질문에 깜짝 놀라 되물었다.

루나는 지금 하늘을 날아갈 듯 기분이 붕 떠 있었다.

수한이 자신에게 전화를 걸어 데이트 신청을 했던 어제저녁부터 가슴이 두근거렸다.

때문에 오늘 예정보다 촬영이 늦어졌어도 별로 기분이 나쁘지 않았다.

GREAT
NOBLE

촬영이 늦어져 데이트를 할 시간이 줄어들었다는 게 조금은 불만이지만, 어찌 되었든 수한이 먼저 데이트를 신청했다는 것이 너무도 행복했다.

그리고 오늘 촬영장에서 조금은 불쾌한 일이 있었는데도 아무런 내색도 하지 않고 오히려 촬영장 식구들을 모두 데리고 회식을 시켜준 것이 고마웠다.

행복한 기분에 취해 정신을 차리지 못하고 있는데 수한이 다정스레 말을 건네니, 바로 대답을 못하는 게 당연했다.

"아니, 오늘 촬영장에서 어떻게 지냈냐고?"

수한 역시 어제 누나와 대화를 하고 깨달은 것이 있어 다시 한 번 루나에게 물었다.

앞으로는 자신이 좀 더 적극적으로 연애에 임해야겠다고 마음먹고 관심을 표하는 것이었다.

하지만 루나는 조금 당황스러웠다.

평소에 그러지 않던 사람이 이렇게 관심을 보이니 괜히 불안해진 것이다.

"수한 씨… 자기, 혹시 무슨 일 있는 거야?"

평소와는 전혀 다른 모습에 혹시나 헤어지자고 말하기 미안해 괜히 잘해주는 것은 아닌지 불안한 마음이 든 것이다.

"아, 아니, 그런 거 아니야. 하하, 이거참……."

수한은 오히려 불안해하는 루나의 모습에 당황했다.

그리고 그 모든 것이 자신의 불찰이라는 것을 새삼 느꼈다.

연구에 매진하느라 그동안 신경 쓰지 못했던 것이 더욱 미안하게 생각되었다.

"그냥 내가 그동안 너무 무심했다는 것을 깨달아서 그런 거야."

수한은 불안해하는 루나의 모습에 살며시 그녀의 손을 붙잡고 해명을 하였다.

그제야 루나는 조금은 안심이 되는 듯 표정이 풀어졌다.

"휴, 다행이다. 난 자기가 오늘 너무 친절해서 나하고 헤어지자고 하려는 줄 알았어."

루나는 말을 하면서도 조금 전 불안감에 가슴을 졸이며 눈물을 글썽였던 것이 떠올라 눈물을 훔쳤다.

"이런."

수한은 결국 그녀의 머리를 감싸며 자신의 품에 끌어안았다.

"어머, 누가 보면 어쩌려고 그래."

갑작스런 스킨십에 놀란 루나는 작게 탄성을 흘리며 앙탈을 부렸다.

"뭐, 보면 어때. 이참에 우리 연애하는 것 공개할까? 어

150

차피 아까 촬영장에서 다 알려졌는데, 굳이 비밀로 할 게 뭐 있겠어."

수한의 말에 루나도 잠시 고민을 했다.

'그래, 어차피 회사에서도 연애에 관해서 터치를 하지 않으니……. 또 팬들도 우리 그룹 멤버들의 나이가 있어서 오히려 연애를 하라고 떠밀고 있으니 이참에 공개를 해버려?'

확실히 이젠 파이브 돌스도 평균 나이 30살이 넘었다.

그동안 파이브 돌스는 연예 활동을 하면서 별다른 스캔들을 일으킨 적이 없었다.

물론 몇 번의 스캔들 소동이 있기는 했지만, 당시 스캔들의 주인공은 지금 앞에 있는 수한이었다.

파이브 돌스의 리더 크리스탈의 친동생으로, 아기일 때 납치되었다가 18년 만에 가족의 품으로 돌아온 비운의 천재 아기였다.

그 뒤로 자신과 연애를 시작하기는 했지만, 어찌 되었든 파이브 돌스는 모든 멤버가 지금껏 스캔들 한 번 없었다.

그러다 보니 파이브 돌스의 안티들은 오히려 이런 깨끗한 사생활을 가지고 다시 디스를 하기 시작하였다.

파이브 돌스 멤버들이 이성이 아닌 동성을 좋아한다거나, 아니면 연애 감각이 없는 석녀(石女)라는 루머를 퍼뜨렸다.

물론 그런 루머를 퍼트린 사람들은 법의 심판을 받았지만, 그 뒤로도 잠잠할 만하면 그런 루머가 퍼지다 보니 팬들 사이에서는 자신들의 우상인 파이브 돌스 멤버들이 차라리 연애를 했으면 하는 이야기가 나왔다.

　사정이 그렇다 보니 지금 루나는 수한의 말이 결코 가볍지 않게 들려왔다.

　솔직히 자신이야 연애 사실이 공개가 되든, 아니면 지금처럼 비공개로 연애를 하든 상관이 없었다.

　루나가 걱정하는 것은 자신 때문에 수한이 하는 일에 방해를 받을까 봐 그것이 걱정인 것이다.

　자신이야 연예계 활동을 접으면 그만이지만, 수한은 그럴 수 없다는 것을 잘 알고 있다.

　그가 맡고 있는 일이 얼마나 중요한 일이고, 또 그것이 국가와 민족에게 얼마나 도움이 되는지도 잘 알고 있는 루나로서는 자신 때문에 수한이 연구에 방해를 받는 것이 싫었다.

　"그런데 연애 사실을 공개하면 자기가 하는 일에 지장이 있는 것은 아니야? 그렇다면 난 지금도 상관없어. 그러니 그런 것은 신경 쓰지 마."

　수한은 루나의 말을 듣고 그녀가 얼마나 자신을 생각하는지 다시 한 번 깨닫게 되었다.

그러자 갑자기 심장이 무섭게 뛰기 시작하였다.

평소보다 두 배는 더 빠르게 뛰는 것 같은 심장의 펌프질에 얼굴이 달아올랐다.

그러다 뭔가 결심을 했는지 수한이 조심스럽게 루나의 손을 잡았다.

무릎을 꿇고 자세를 낮추더니 루나의 눈에 시선을 고정시킨 채 입을 열었다.

"너무 갑작스럽다는 것은 알지만… 나랑 결혼해 줄래?"

"뭐? 방금 뭐라고 했어?"

루나는 갑자기 진지한 태도로 무릎을 꿇고 결혼해 달라는 수한의 말에 정신을 차릴 수가 없었다.

얼굴이 화끈하게 달아오르고, 또 귓가가 멍멍한 것이, 도저히 제정신을 차릴 수가 없어 다시 한 번 되물었다.

방금 전 들은 말이 자신이 생각하는 그 말인지 도저히 믿을 수가 없었기 때문이다.

"못 들었다면 다시 말할게. 루나야, 나랑 결혼해 줘."

수한은 다시 한 번 결혼해 달라 말하며 이번에는 잡고 있는 손등에 키스를 하였다.

그런 수한의 행동에 루나는 도무지 정신을 차릴 수가 없었다.

그런데 바로 그때, 주변에서 박수 소리와 함께 환호성이
들려왔다.

짝! 짝! 짝!

"오우, 용감한데?"

"용감한 청년의 고백을 받아주시오!"

"받아줘! 받아줘!"

언제 사람들이 몰려들었는지 조용하던 카페테리아에 모
인 사람들이 청혼하는 모습을 보며 환호성과 박수, 그리고
용기를 낸 수한의 고백을 받아주라며 루나를 독촉하였다.

그런 사람들의 모습에 더욱 얼굴이 붉어진 루나는 고개를
끄덕이며 청혼을 받아들였다.

사실 루나는 한 가지 작은 걱정이 있었다.

연애를 하자고 먼저 말한 것도 자신이었는데, 설마 청혼
까지 자신이 해야 하는 것은 아닌가 한 것이다.

그도 그럴 것이, 수한이 연애하는 동안 한 번도 그와 비
슷한 말을 한 적이 없었기 때문이다.

그런 탓에 그동안 루나만 속으로 끙끙 앓아왔다.

그런데 생각지도 못한 곳에서 이렇게 청혼을 받게 되자
정말 꿈만 같은 기분이었다.

5.
약혼 발표와 해프닝.

일산, 드라마 촬영장.

박현빈은 평소 눈여겨보고 있던 신인 배우가 다른 때는 자신이 접근하면 잔뜩 경계를 하다가 오늘은 뭐가 그리 기쁜지 자신의 장난을 아무렇지 않게 받아들여 기분이 좋았다.

사실 박현빈은 고등학교를 졸업하고 5년 동안 연기 활동을 하였지만, 별다른 인기를 얻지를 못했다.

하지만 소속사를 케이스트로 옮기면서 드디어 빛을 보게 되었다.

물론 드라마 왕국이라 불리는 케이스트로 옮기는 것이 순조롭지는 않았다.

이전 소속사와 계약 기간이 3개월 정도 남아 있었지만, 과감하게 계약금도 받지 않고 옮겼다.

지금이 아니면 미래는 없을 거라는 판단에 따라서였다.

물론 약간의 잡음이 일기는 했지만, 전 소속사는 케이스트에 비해 영세한 기획사였기에 위약금을 주고 적당히 무마하였다.

전작에서 벌어들인 출연료의 대부분을 위약금으로 전 소속사에 지불한 것이다.

하지만 그건 아무런 문제가 되지 않았다.

다음 작품부터 케이스트의 로비로 인해 회당 출연료가 두 배 이상 뛰었기 때문이다.

그렇게 회사의 지원을 받으며 단역에서 조연으로, 그리고 주연의 자리에까지 올랐다.

물론 첫 주연 작품부터 인기를 끈 것은 아니었다.

하지만 연기력을 인정받아 다음 작품에는 더 많은 주목을 받을 수 있었다.

급기야 3개월 전 종영된, 그가 주연으로 출연한 드라마는 시청률 28.6%라는 좋은 성적을 거두며 성황리에 막을 내렸다.

GREAT
KOREA

하지만 인기가 늘어나자 박현빈은 오랜 무명이었던 설움을 보상 받기라도 하듯 여배우들과의 스캔들이 끊이지 않았다.

동경의 눈빛을 보내는 신인 여배우를 침실로 끌어들이는가 하면, 케이스트에 소개를 해주겠다는 감언이설로 여배우를 꼬시기도 하였다.

물론 그 때문에 문제가 발생한 적이 한두 번이 아니지만, 역시나 케이스트는 최고의 기획사였다.

문제가 생기면 바로바로 해결을 해주었던 것이다.

물론 회사로부터 경고를 받기는 했지만, 주연 배우로 확고하게 자리를 잡은 박현빈에게 그런 경고는 별로 귀에 들어오지 않았다.

막말로 현재 일일 드라마의 흥행 보증수표라 불리고 있으니, 그런 사소한 문제 정도는 회사에서 주의를 주는 정도에 지나지 않았다.

아무튼 그렇기에 이번에도 한때 좋아하던 그룹의 멤버가 드라마에 출연을 한다고 해서 잔뜩 기대를 하였다.

그런데 함께 드라마 촬영을 하면서 깜짝 놀랐다.

아이돌 가수 출신인데도 연기력이 무척이나 탄탄해 모르는 사람이 보면 배우 출신이라 생각할 정도로 연기를 잘

했다.

아이돌을 할 수 있을 정도로 미모가 뛰어난 것은 두말할 것도 없었다.

29살이란 나이가 무색할 정도로 동안이기도 해서 드라마 촬영을 하는 내내 관심이 갔다.

그래서 다른 때와 다르게 조심스럽게 접근을 하였다.

단순히 데리고 노는 것이 아닌, 정말로 이 정도면 결혼 상대로 괜찮겠다는 생각이 들어 진지하게 생각하고 접근을 한 것이다.

그런데 조금 전 남자 친구가 촬영장에 구경을 왔다.

왠지 자신의 것을 누군가가 가로챈 것만 같은 기분에 면박을 주고 촬영장을 박차고 나와 버렸다.

더욱이 감독에게까지 신경질을 부리고 나왔으니, 아마도 촬영장 분위기는 말이 아닐 것이 분명했다.

하지만 박현빈은 그런 것은 별로 개의치 쓰지 않았다.

감독이 잘나가는 주연 배우인 자신에게 신경질을 부릴 수는 없을 것이기 때문이다.

오히려 주연 배우의 기분을 망치고, 또 촬영장 분위기를 엉망으로 만든 루나에게 모든 비난의 화살이 돌아갈 것이 분명했다.

촬영장 분위기가 나빠진 것 때문에 의기소침해진 그녀를 내일 가서 달래준다면, 자신에게 고마움을 느낄 것이 분명했다.

물론 그건 박현빈 혼자만의 착각이지만.

박현빈은 현재 촬영장이 어떤 분위기인지 알지 못했다.

주연 배우인 자신이 그렇게 신경질을 내고 빠져나간 것 때문에 한때 분위기가 험악해지긴 했지만, 비난의 대상이 루나가 아닌 자신이라는 사실을 말이다.

인기를 얻고 난 후부터 거들먹거리며 언제나 지각이나 개인 스케줄을 핑계로 조기에 현장을 나가 버리는 행동 때문에 방송가에서 그에 대해 얼마나 나쁜 소문이 돌고 있는지를 알지 못했다.

촬영장을 일찍 빠져나온 박현빈은 그렇게 자신이 좋은 쪽으로 상황을 해석하며 자주 들르는 바에 가 술잔을 기울였다.

밝게 미소를 지으며 촬영하던 루나의 모습을 떠올리자 몸이 달아올랐다.

촬영 도중 보았던 루나의 미소가 마치 자신을 향해 있는 것만 같아 그녀와 하루라도 빨리 동침을 하고 싶은 망상에 빠져들었다.

'그래, 루나야. 나도 널 사랑해.'

박현빈의 망상은 그야말로 막장을 향해 달려가고 있었다.

저 멀리 떨어진 조명등 불빛 속에서 루나가 밝은 미소를 지으며 자신을 유혹하는 모습이 눈에 들어왔다.

당연하게도 지금 박현빈이 보고 있는 곳에는 텅 빈 테이블만이 있을 뿐이었다.

"혼자 뭘 그리 생각을 하는 거야?"

박현빈이 망상에 잠겨 있을 때, 그의 옆으로 다가와 말을 거는 사람이 있었다.

"어, 왔어?"

"그래, 왔다. 그런데 뭘 그리 생각을 하기에 내가 왔는지도 모르고 멍해 있던 거야?"

옆자리에 앉은 사람은 박현빈의 고등학교 동창이며 케이스트의 과장으로 있는 김다운이었다.

박현빈이 소속사를 케이스트로 옮기는 데 지대한 영향을 끼치기도 하고, 또 지금의 인기를 얻는 데 도움을 준 사람이기도 했다.

그리고 박현빈이 사고를 쳤을 때 뒤에서 무마하는 역할을 맡아주었다.

뭐, 그렇다고 김다운이 박현빈의 뒤치다꺼리만 하는 것은 아니다.

사실 케이스트에서 김다운이 하는 일은 소속 연예인들의 뒤치다꺼리뿐 아니라 은밀한 제의를 하는 것이었다.

연예인이란 스폰서와 불가분의 관계에 있다.

작품 활동만으로는 제대로 된 생활을 할 수가 없는 것이다.

아니, 작품 활동을 하려고 해도 여러 방면에서 도움을 받아야만 했다.

물론 개인적으로 재산이 많으면 상관없지만, 그렇지 않은 경우에는 재정적으로 지원을 해줄 스폰서가 꼭 필요했다.

박현빈이 5년 간의 무명 배우 시절을 보내다 인기를 얻을 수 있던 비밀도 사실 스폰서를 받아들였기 때문이다.

아니, 지금 바로 옆자리에 있는 김다운이 소개를 시켜줬다는 것이 맞을 것이다.

김다운은 사회적 지위 때문에 호스트바를 드나들지 못하는 상류층을 대상으로 접대를 제공하는 일을 주로 했다.

박현빈도 김다운의 알선으로 상류층 사모님을 소개 받았다.

처음 제의를 받았을 때는 망설임도 있었다.

하지만 오랜 무명 배우 생활을 하다 보니 그런 망설임도 어느 순간 희석되었다.

드라마 촬영장에서 무명 배우는 소품만도 못한 처지였다.

만약 촬영 도중 소품을 망가뜨리기라도 하면 조연출에게 두고두고 욕을 먹었다.

그럴 때면 과연 이렇게 인간 이하의 대우를 받으며 계속 배우 생활을 해야 할까 하는 생각도 들었지만, 그런 굴욕을 맛본 뒤 그냥 포기하기에는 너무도 억울했다.

그러던 차에 동창이던 김다운이 건넨 은밀한 제안은 박현빈의 인생을 백팔십도 바꿔놓았다.

처음 김다운의 소개로 스폰서를 만나고 난 뒤, 자괴감에 빠져 토악질을 하기도 했다.

하지만 한 번이 어렵지, 그 뒤는 별로 어렵지 않았다.

겨우 하루 저녁 상대해 주고 몇 백만 원의 수표와 고급 양복이 생겼고, 또 어떤 때는 맡고 싶은 드라마의 배역이 떨어지기도 했다.

그때부터 박현빈의 옆에는 언제나 김다운이 붙어 있었다.

아니, 김다운의 옆에 박현빈이 붙어 있었다.

두 사람은 성격이나 모든 부분에서 아삼육이 잘 맞았다.

"너, 내가 파이브 돌스 멤버인 루나와 촬영 같이하는 거 알고 있지?"

"알지. 근데 왜? 무슨 일 있냐?"

김다운은 박현빈이 갑자기 루나에 관한 이야기를 꺼내자 내심 긴장이 되었다.

그는 박현빈이 파이브 돌스의 광팬이라는 것을 잘 알고 있었다.

그리고 파이브 돌스의 멤버인 루나가 현재 박현빈이 주연 으로 출연하는 드라마에 조연으로 출연한다는 것도.

그러다 보니 루나의 이름을 거론하는 박현빈의 말속에 담 긴 뉘앙스에 알 수 없는 전율을 느꼈다.

마치 아무런 안전 장비 없이 낭떠러지 위를 걷는 듯한 느 낌이라고나 할까.

그게 아니면 맨몸으로 사자 우리에 들어간 듯한 느낌이라 고나 할까.

아무튼 무척이나 섬뜩한 기분이 들었다.

"걔가 오늘 촬영장에 자기 애인이라고 젊은 놈 하나를 데 려왔더라고."

"응, 그래서?"

김다운은 입술이 바짝 타들어 가는 기분에 입술을 적시고 는 물었다.

그러자 박현빈은 마치 칭찬을 바라는 아이처럼 자랑스럽

게 오늘 자신이 촬영장에서 했던 일을 떠벌렸다.

"그래서 면박을 주고, 또 김 PD에게 화가 난 것처럼 꾸미고 촬영장을 나와 버렸지. 큭큭큭."

"음, 괜찮겠냐?"

박현빈의 말을 들은 김다운은 왠지 걱정이 되었다.

"뭐가 걱정이야. 어차피 김 PD도 내 성격 알고 있는데. 그 사람도 내가 무엇 때문에 화를 내는지 알고 있을 거야. 아마 내일쯤이면 촬영장 분위기 삭막할 것이고, 그럼 문제를 일으켰던 루나는 김 PD에게 면박을 당한 것 때문에 의기소침해 있겠지."

박현빈은 다시 한 번 망상에 사로잡혀 음흉한 미소를 지었다.

평소와 다르지 않은 행동이지만, 김다운은 이번에는 뭔가 다른 느낌이 확 들었다.

더욱이 방금 전 박현빈이 말한 루나는 결코 쉬운 상대가 아니었다.

그동안 박현빈이 만나고 헤어지던 여배우들과는 전적으로 달랐다.

이번 드라마에서는 비록 조연으로 출영을 하고 있지만, 그녀의 본업은 아이돌 가수였다.

아이돌 가수로서 쌓은 그녀의 인기는 박현빈이라 해도 상대가 되지 않았다.

그리고 케이스트가 비록 대한민국 내에서 상당히 영향력 있는 기획사이기는 하지만, 루나의 소속사인 천하 엔터와 비교하면 재벌과 중소기업 정도의 차이가 있었다.

천하 엔터의 모회사는 대한민국 재계 서열 3위인 천하 그룹인 것이다.

하지만 그 영향력은 서열 1위인 삼정 그룹에 못지않으며, 현 정부와도 밀접한 관계를 맺고 있는 그룹이라 쉽게 생각할 일이 아니었다.

김다운은 혼자 망상에 빠져 있는 박현빈을 보며 괜히 불안해졌다.

'이거, 벌집을 건드린 것 아닌가 모르겠네. 하… 이 새끼, 이거 그동안 오냐오냐해 줬더니 천지 분간을 못하고 사고를 치네. 안 되겠다. 이건 사장님께 보고를 해야지.'

김다운은 도저히 자신의 선에선 감당이 되지 않을 것 같다는 판단을 내렸다.

쾅!

"이게 뭐야! 너희들, 배우 관리를 어떻게 하는 거야!"

대한민국의 내로라하는 배우들이 소속되어 있는 케이스트.

이곳 소속 배우들을 쓰지 않고는 대한민국에서 드라마나 영화가 흥행에 성공하지 못한다는 말이 돌 정도로 거대한 기획사이다.

그리고 지금, 케이스트의 사장 집무실에서 고성이 터져 나오고 있었다.

"내가, 이 배형준이 방송국 국장도 아니고, 연예부 부장에게 이따위 소리를 들어야 해!"

케이스트의 사장 배형준은 조금 전 걸려온 전화를 받고 불같이 화를 냈다.

그는 한때 세계적인 스타로 인기를 모으기도 했지만, 현재는 케이스트라는 연예 기획사의 사장으로서 승승장구하고 있었다.

그래서 평소 그가 만나는 사람들은 보통 방송국 국장이나 사장 등의 지위를 가진 이들이 대부분이었다.

그런데 조금 전, 평소라면 자신을 감히 쳐다보지도 못할 사람에게 경고라는 말을 들었다.

처음에는 자신이 잘못 들었나 싶은 생각도 들었지만, 제 차 물어본 말에 다시금 확인을 받았을 때는 그야말로 어이 가 없었다.

하지만 무턱대고 화를 낼 수는 없었다.

어찌 되었든 전화를 건 사람은 연예 기획사인 자신들에게 있어 갑의 입장인 방송국 부장이었으니.

그래서 화가 끓어올랐지만 일단 그가 무엇 때문에 자신에 게 경고를 하는 것인지 물어보았다.

그런데 그가 들려준 말은 참으로 어처구니가 없었다.

케이스트의 소속 배우 하나가 엄청난 상대에게 실수를 했 다는 것이다.

게다가 제 버릇 못 고치고 출연 여배우에게 껄떡거려 자 칫 잘못하다가는 방송국 이미지가 나빠질 수도 있다는 말까 지 들었다.

배형준은 평소와 달리 강경하게 말하는 연예부 부장의 태 도에 과연 그 엄청난 곳이 어딘지 물어보았다.

그 결과, 엄청난 곳의 정체가 바로 천하 엔터이고, 또 천 하 그룹이란다.

아무리 케이스트가 대형 기획사이고, 또 배형준의 집안이 대단하다 해도 천하 그룹과 척을 지고는 대한민국에서 살아

남기 힘들었다.

특히 배형준은 천하 그룹과 천하 엔터의 힘을 어느 정도 알고 있는 사람들 중 한 사람이었다.

오래전부터 배형준의 집안은 방송 연예과 관련된 사업을 해왔다.

그러다 보니 뒷세계와도 연관이 되기도 했다.

그쪽 세계에 절반쯤 발을 담그고 있는 셈이다.

그래서 그는 잘 알고 있었다.

천하 엔터가 어떻게 생기게 되었으며, 천하 엔터가 자리를 잡기 위해 어떤 일들을 했는지 말이다.

한때 연예계는 조직 폭력배들의 자금 세탁 창구로 이용되던 때가 있었다.

범죄 조직에서 벌어들인 불법 자금을 연예계를 통해 합법적인 자금으로 바꾸기 위해 우후죽순처럼 기획사를 세우고 운영을 하는 것이었다.

그 과정에서 많은 연예계 지망생들이 제 죽을 줄 모르고 불속으로 뛰어드는 불나방처럼 기획사의 문을 두드렸다.

이어진 결과는 불을 보듯 뻔했다.

애당초 불법을 저지르기 위해 차려진 기획사인데다 운영하는 이들의 본색이 범법자이다 보니 그들은 악의 구렁텅이에 빠져 폐인이 되기가 일쑤였다.

천하 엔터의 힘이 외부에 알려진 것 또한 그런 불법 기획사와 연관이 있었다.

일부 불법 기획사가 천하 엔터 소속 연예인을 빼앗아오기 위해 강제로 납치하면서 가진바 역량이 드러나게 된 것이다.

그들은 계약 기간이 남아 있던 연예인의 대리인이라며 인상이 험악한 자들을 천하 엔터로 보내 행패를 부리게 했다.

만약 평범한 기획사였다면 눈뜨고 소속 연예인을 빼앗겼을 테지만, 천하 엔터는 결코 평범하지 않았다.

천하 엔터는 천하 그룹 산하 계열사였으며, 천하 그룹에는 백호 가드라는 경호업체가 붙어 있었다.

전 직원이 전통 무술을 수련한 수련자이며, 특전사나 해병대, 특수 수색대를 나온 특수부대원들이었다.

결과적으로 당시 천하 엔터의 소속 연예인을 납치해 협박을 하던 범죄 조직들은 일망타진되어 경찰에 넘겨졌다.

그 과정에서 천하 엔터와 천하 그룹의 힘이 일부나마 외부에 알려졌는데, 그때 배형준의 집안도 천하 그룹의 힘을 알게 되었다.

아무튼 그런 위험한 곳, 케이스트가 감당이 되지 않는 곳과 문제를 만든 박현빈에 대해 배형준은 분노했다.

뿐만 아니라 그런 놈을 제대로 관리 못한 관리자들에게도 화가 났다.

"이 일을 어떻게 해결할 거야! 아직까지 문제가 크게 번진 것은 아니라고 하지만, 그 망나니 놈이 또 어떤 짓을 벌일지 모르는 일인데!"

화를 주체하지 못한 배형준은 눈앞에 불려온 상무를 보며 소리쳤다.

"그 자식, 잡아와!"

배형준은 급기야 사고를 친 박현빈을 소환하였다.

"알겠습니다. 바로 잡아오겠습니다."

아무리 인기가 많다고 해도 회사에 손해를 끼치려 한다면 강력한 제재가 필요했다.

아닌 밤중에 홍두깨식으로 난데없이 불려온 상무도 사실 박현빈의 방자한 태도가 언젠가는 큰 문제를 일으키리라 짐작하긴 했다.

그렇지만 이렇게 빠른 시일에 대형 사고를 칠 줄은 그로서도 차마 상상하지 못한 일이었다.

"여, 여기가 어딥니까?"

어젯밤, 김다운과 함께 술을 마신 박현빈은 오랜만에 연락해 온 스폰서와 밤을 보냈다.

그런데 깨어나 보니 스폰서와 밤을 보낸 호텔이 아니라 엉뚱한 곳이었다.

칙칙하고 지저분한 지하실.

화려한 침대는 어디로 간 것인지, 더러운 먼지와 비릿한 오줌 냄새만이 역하게 풍겨왔다.

"이름!"

박현빈이 깨어나기 무섭게 어두운 그늘 속에서 누군가의 목소리가 들렸다.

하지만 낯선 환경에 두려움을 느낀 박현빈은 제대로 정신을 차리지 못하고 두려움에 떨었다.

"누굽니까? 여긴 어디예요?"

박현빈이 두려움에 떨며 물었지만, 들려온 말은 그를 더욱 두렵게 하였다.

"내가 묻는 말에만 대답을 한다. 이름!"

"헉!"

너무나 냉정한 말소리에 박현빈은 겁을 먹었다.

"살고 싶으면 대답 잘해야 한다."

"예, 예, 알겠습니다."

그러다 목숨 운운하는 말에 박현빈은 정신이 번쩍 들었다.

눈앞에 있는 사람의 심기를 잘못 건드렸다가는 어떤 결과가 돌아올지 본능적으로 느낀 것이다.

"좋아, 다시 한 번 묻지. 이름."

"예, 박현빈입니다."

"직업."

"탤런트입니다."

박현빈은 남자의 질문에 고분고분 대답을 하였다.

"흠……."

한데 남자는 무슨 생각을 하는 것인지, 묵직한 신음을 흘리며 입을 다물었다.

그런 남자의 모습에 박현빈은 온몸이 긴장되었다.

그의 태도에서 뭔가 마음에 들지 않는다는 느낌을 받았기 때문이다.

오랫동안 연기 활동을 해오다 보니 상대의 반응을 통해 그가 어떤 생각을 하고 있는지 어느 정도는 느낌으로 알 수가 있었다.

그리고 현재 자신이 무척이나 위험한 상황이란 것을 남자에게서 풍겨 나오는 분위기만으로도 알 수 있었다.

'정신 차리자!'

박현빈은 어째서 이런 일이 자신에게 일어난 것인지는 모르겠지만, 아무튼 지금이 커다란 위기라는 것을 알 수 있었다.

그렇다면 떨고만 있을 수는 없었다.

어떻게든 정신을 차려 위기를 극복해야 했다.

'범죄 전문가가 그랬어. 자극하지 말고 최대한 협조적으로 행동을 해 상대를 안심시켜야 빈틈이 생긴다고.'

박현빈은 언젠가 범죄 관련 프로그램에 출연한 적이 있었다.

그때 그는 전문가가 말한 이야기를 주의 깊게 들었다.

범죄자의 말이나 행동에 동조를 하라는 것.

무턱대고 반항을 하다가는 범죄자를 자극할 수 있고, 그렇게 되면 돌발 상황이 발생해 생명이 위태로워질 수도 있다는 경고가 박현빈의 뇌리에 깊게 박혔다.

그때의 기억을 떠올린 박현빈은 자신을 납치한 것으로 보이는 사내에게 최대한 협조적으로 대답하였다.

그런데도 상대가 저렇게 침묵을 지키고 있다는 것은 결코 좋은 반응이 아니란 것도 기억해 냈다.

"살려주세요. 원하는 것은 모두 들어드리겠습니다. 그러니 절 풀어주세요."

결국 위급한 상황이 닥치자 박현빈은 그때 전문가가 들려주었던 주의 사항을 잊고 살려 달라고 애원을 하기 시작하였다.

남자의 침묵이 길어지면서 침착성을 잃은 결과였다.

살려 달라는 박현빈의 애원에 사내의 눈빛이 점점 차가워지기 시작하였다.

"김영민, 박현빈 아직도 안 왔어?"

"예, 매니저하고 통화를 했는데 연락이 안 된다고 합니다."

"아, 씨팔! 못해먹겠네! 이거, 한두 번도 아니고, 매번 이렇게 촬영 스케줄에 지각을 할 거면 뭐하러 출연을 하겠다고 한 거야!"

프로듀서인 김형석은 촬영 시간이 다 됐는데도 촬영장에 나오지 않은 박현빈 때문에 화가 머리끝까지 뻗쳤다.

정해진 시간에 나타나지 않아 촬영 스케줄을 엉망으로 꼬아버리는 것이 벌써 몇 번째인지, 생각만 해도 골치가 아

GREAT KOREA

팼다.

그렇다고 주연 배우에게 뭐라 할 수도 없어 그의 매니저에게 항의를 해보았지만, 소용이 없었다.

매니저에게 싫은 소리를 하면 바로 그다음 날 상부에서 압력이 들어왔다.

케이스트 소속 연예인들이 출연 거부를 하겠다는 둥 강짜를 놓는 것이었다.

배우와 탤런트들의 왕국이라 불리는 케이스트에서 소속 연예인들을 출연시키지 않겠다고 하면 방송국은 어쩔 수 없이 고개를 숙일 수밖에 없었다.

그만큼 케이스트에 속한 톱스타들은 많고, 시청률을 위해선 어쩔 수 없이 방송국이 고개를 숙일 수밖에 없었다.

그런 이유로 김형석은 매번 박현빈이 속을 썩여도 어쩔 수 없이 참고 촬영을 이끌어갔다.

하지만 이번만큼은 도저히 참을 수가 없었다.

벌써 촬영이 예정보다 보름이나 늦어지고 있기 때문이었다.

만약 드라마가 종영될 때까지 이런 식으로 문제가 발생한다면 중간에 방송 펑크가 날 수도 있었다.

그래서 김형석 PD는 방영 중인 드라마의 남자 주인공

교체라는, 사상 초유의 패를 들고 케이스트에 최후통첩을 하기로 결심했다.

박현빈이 소속된 케이스트가 아무리 많은 톱스타를 보유하여 갑질을 하려 한다지만, 엄밀히 따지면 방송국이 갑이고 기획사는 을일 수밖에 없다.

지금껏 시청률을 미끼로 갑을 관계의 역전 현상이 벌어지기는 했지만, 기획사의 횡포에 방송국에서 단체로 제제하려 마음먹으면 못할 것도 없었다.

그래서 김형석 PD는 일단 자신의 상급자인 드라마 국장을 찾아가 현 사태를 정확하게 보고한 다음, 대책을 세우기로 하였다.

"김영민, 남주가 없어서 더 이상 촬영할 수 없겠다. 그러니 오늘은 그만 촬영 접도록 해."

김형석 PD는 조연출에게 지시를 하고 촬영장을 벗어났다.

김영민 AD는 스텝들에게 촬영 종료를 알리고, 대기실에 있던 연기자들에게 들러 오늘 촬영을 접는다는 이야기를 하였다.

그러면서 촬영 중단 이유가 박현빈의 불참 때문이라는 사실을 확실하게 고지하였다.

◆   ◆   ◆

김형석 PD가 박현빈을 어떻게 처리할까 고민을 하고 있을 때, 케이스트에서도 비상이 걸렸다.

쾅!

"한 상무, 그 자식 잡아오라고 한 지가 언제인데 아직도 연락이 없는 거야!"

어제부터 계속되는 문제로 인해 배형준은 그야말로 눈이 돌아가 버렸다.

그런 탓에 오늘 또 사장실로 불려와 불쌍하게 서 있는 한재석 상무를 보며 소리쳤다.

어제 사고를 쳤을 때, 박현빈에게 주의를 주기 위해 그를 잡아오라고 지시를 했다.

그런데 오늘 또다시 방송국에서 연락이 왔다.

그동안 케이스트에 소속된 톱스타들을 배경 삼아 배짱을 부렸는데, 이젠 그런 것도 통하지 않을 정도로 방송국의 태도가 명확했다.

조금 전 방송국에서 연락을 준 사람은 마치 최후통첩을 하듯 용건만 간단하게 말하고 통화를 끝내 버렸다.

배형준은 한때 대한민국에서 최고로 잘나가는 톱스타였으며, 외국에 한류(韓流) 열풍을 일으킨 원조 스타이기도 했다.

그리고 현재는 대한민국 가장 많은 톱스타들을 보유한 케이스트의 사장이기도 했다.

그런 자신에게 마치 최후통첩을 하듯 통보해 온 것이다.

박현빈이 그동안 방송국에 끼친 손해와 드라마 촬영 지연에 따른 피해를 보상하지 않는다면 케이스트 소속 연예인 전부를 방송에 출연시키지 않겠다고.

뿐만 아니라 박현빈의 불성실한 태도에 대한 공식적인 사과와 함께 다시는 그런 일이 벌어지지 않겠다는 재발 방지약속을 하지 않는다면 현재 출연 중인 드라마의 배역을 교체하겠다는 말까지 나왔다.

그러나 그게 끝이 아니었다.

박현빈을 제대로 관리하지 못한 소속사 케이스트에 그 책임을 묻는다는 것이 클라이맥스였다.

지금껏 한 번도 이런 대접을 받아본 적이 없는 배형준으로서는 끓어오르는 화를 도저히 참을 길이 없었다.

사실 방송국의 태도는 당연한 것이었다.

현재 벌어지고 있는 사태에 대한 잘못은 다른 누구도 아닌, 박현빈의 탓이었으니.

또 그런 박현빈을 관리하지 못한 케이스트의 잘못이었다.

그러니 어디 가서 하소연도 할 수 없는 상태였다.

아니, 이번 일이 괜히 다른 방송사에 알려지기라도 한다면, 케이스트에 미칠 피해는 그야말로 눈덩이처럼 불어날 것이다.

그렇기에 당장 소문을 잠재워야 할 처지였다.

"박현빈이 담당하는 놈, 어디 있어?"

배형준은 이번 문제를 야기한 박현빈에게 연락이 되지 않자 결국 그를 담당하는 매니저를 찾았다.

"지금 오고 있는 중입니다."

한재석 상무는 이마에 흐르는 땀을 닦으며 대답을 하였다.

지금 배형준의 화를 모두 뒤집어쓰고 있는 한재석은 지금 좌불안석(坐不安席)의 상태였다.

그도 그럴 것이, 문제를 일으킨 박현빈은 현재 그가 관리하는 파트에 소속되어 있는 탤런트였다.

전부터 자잘한 문제를 일으키고는 했지만, 그때는 케이스트의 이름으로 문제를 무마시킬 수 있었다.

박현빈이 유명세를 타며 벌어들이는 돈이 많기 때문에 케이스트에서도 크게 문제를 삼지는 않은 것이다.

방송에 출연해 벌어들이는 것 외에도 은밀한 제안을 수용하여 뒤로 벌어들이는 수익이 상당하였다.

그렇기에 그동안 박현빈이 문제를 일으켜도 어떤 제제를 내리거나 하지는 않았다.

하지만 이번에는 도가 너무 지나쳤다.

자신이 문제를 만들어도 소속사에서 모두 해결할 수 있다는 생각에 촬영에 지각하는 것은 다반사였고, 컨디션이 나쁘다는 이유로 촬영 현장을 무단이탈하는 등 다수의 문제를 야기했다.

아무리 배경이 대단하다 해도 방송국에서 참는 데도 한계라는 것이 있다.

하지만 박현빈은 물거품과도 같은 인기에 취해 그러한 사실을 망각하고 만 것이다.

"부르셨습니까?"

이윽고 박현빈의 담당 매니저인 신영훈은 사장실로 들어왔다.

하지만 배형준은 신영훈의 인사를 받지도 않은 채 박현빈의 행방부터 물었다.

"박현빈이 지금 어디 있냐?"

"그것이… 어제저녁부터 연락이 되지 않고 있습니다."

신영훈은 배형준이 박현빈의 행방을 묻자 얼굴을 굳히며 박현빈이 어제 저녁까지 연락이 되다 오늘은 아직까지 연락이 되지 않는다고 대답을 하였다.

"어제저녁 스폰서와 만난다고 한 뒤, 오늘 촬영 스케줄 때문에 집에 찾아갔더니 없어서 휴대폰으로 연락을 하였는데, 전화기가 꺼져 있습니다."

배형준은 신영훈의 이야기를 듣더니 미간을 찌푸렸다.

사실 배형준은 소속 연예인들의 난잡한 스폰을 그리 좋아하지 않았다.

다만, 현재 회사에 이득이 되기에 막지 않을 뿐이었다.

"전화기도 꺼놓고… 이 새끼, 지금 지 때문에 어떤 일이 벌어지고 있는 줄도 모르고… 아나, 미치겠네."

배형준은 생각할수록 골치가 썩는 듯 머리를 감싸 쥐고는 한 손으로 손짓을 하였다.

한재석 상무와 박현빈의 매니저인 신영훈에게 밖으로 나가보라는 신호였다.

"나가보겠습니다."

그러자 마치 구원의 동아줄이라도 본 것마냥 한재석이 얼른 인사를 하고 밖으로 나갔다.

그리고 그런 한재석을 따라 신영훈도 밖으로 나갔다.

밖으로 나가는 두 사람에게는 관심도 없다는 듯 배형준은 자꾸만 쑤셔오는 관자놀이를 문지르며 비서를 호출했다.

"두통약 좀 가져와."

— 알겠습니다.

비서가 두통약을 가져오기를 기다리며 배형준은 현재 벌어지고 있는 박현빈 사태를 곰곰이 떠올려 보았다.

아무리 막 나가는 박현빈이라고 해도 스케줄이 있는데 전화기도 꺼놓은 상태로 잠수를 탔다는 것이 이해가 가지 않았다.

"설마?"

배형준은 혹시나 하는 생각에 자신도 모르게 중얼거렸다.

어제 드라마 촬영장에서 박현빈이 천하 엔터의 루나와 트러블이 있었다고 하였다.

아니, 정확하게는 루나의 애인이라는 남자와 문제가 생겼는데, 그 남자의 신분이 천하 그룹 정대한 총회장의 손자인 동시에 현 정명국 회장의 조카라고 하였다.

배형준은 박현빈과 연락이 되지 않는 것이 혹시나 천하 그룹과 연관이 있는 것은 아닌가 하는 의심이 들었다.

◆　　　◆　　　◆

"허이구, 잘한다."

"엄마, 미안. 하지만 어쩔 수 없었어."

"어쩔 수 없기는 뭐가 어쩔 수 없다는 말이냐, 이것아. 어떻게 딸내미 약혼 소식을 뉴스를 통해 알 수가 있어!"

루나는 촬영이 중단됐다는 소식에 일찍 돌아왔다가 숙소 앞에 서 있던 엄마를 만나게 되었다.

반가운 마음에 다가갔는데, 자신의 얼굴을 보자마자 따지고 드는 엄마의 성화에 뭐라 할 말이 없었다.

"엄마, 일단 안으로 들어가서 이야기하자. 응?"

이 자리에서 이야기를 했다가는 어떤 소란이 벌어질지 모르기에 일단 엄마를 달래며 숙소 안으로 들어갔다.

"그래, 이제 집에 들어왔으니 말해봐."

루나의 엄마는 거실 소파에 가서 앉으며 얼른 말해보라는 듯이 닦달했다.

루나는 얼른 엄마의 곁으로 다가가 자초지종을 털어놓았다.

"…그러니까 그렇게 된 거야. 그래서 더 시끄러워지기 전에 언론에 발표를 먼저 한 거고."

한참 동안 사정을 설명한 뒤, 루나는 언론에 약혼 발표를 하게 된 배경까지를 이야기했다.

"그래도 이것아, 그런 발표를 하기 전에 먼저 전화를 줄 수도 있는 거잖아. 그래, 안 그래?"

루나의 엄마는 그래도 서운한 마음이 가시질 않는지 계속 해서 따지고 들었다.

"그러니까 내가 잘못했다고 하잖아. 엄마, 잘못했어. 하 지만 나도 사실 정신이 없었다, 뭐."

루나는 잘못했다고 빌면서도 자신도 어쩔 수 없었다고 항 변을 하였다.

"뭐가 정신이 없어?"

또 무슨 얘기를 하려고 그러는 것인지 변명을 늘어놓으려 는 루나의 말에 엄마가 물었다.

그러자 갑자기 얼굴을 붉히는 루나였다.

"뭔데 갑자기 얼굴이 그렇게… 어서 말을 해봐, 요것아."

갑자기 부끄럼을 타는 딸의 모습에 루나의 모친은 황당한 표정이 되어 이유를 물었다.

결국 마지못해 루나가 대답을 하였다.

"그게……."

루나는 잠시 말을 끊고 심호흡을 한 번 하고는 다시 말을 이어 나갔다.

"엄마도 내가 수한이랑 사귄다는 것은 알고 있지?"

"그렇지."

루나의 엄마는 나이가 찬 딸이 도통 결혼할 생각을 하지 않자 닦달을 한 적이 있었다.

나이 먹은 여자가 결혼도 하지 않고 혼자 있으면 주변에서 이상하게 쳐다본다며 어서 빨리 연애를 하든 결혼을 하든 남자를 잡으라고 성화를 부린 것이었다.

그런데 그때, 하도 몰아붙이니 딸이 오래전부터 만나는 사람이 있다고 말을 했었다.

"이번에 그 사람이 먼저 내게 청혼을 해왔어."

"그래… 아니, 뭐라고?"

"그게… 아까 이야기했잖아. 촬영장에 찾아왔다가 나 때문에 선배에게 면박을 당했고, 또 나 힘들어질까 봐 드라마 출연자들이랑 스텝들까지 모두 회식을 시켜주고, 또 공개된 장소에서 청혼까지 한 거야. 헤헤, 그리고 그때 많은 사람들이 뒤늦게 나를 알아보고 인터넷에 그 소식을 알린 것이고."

루나는 방송으로 먼저 약혼 사실을 알리게 된 배경을 다시 한 번 들려주었다.

그러면서 그때의 기억이 다시 떠오른 듯 바보 같은 웃음을 흘렸다.

비록 순서는 잘못되었지만, 어제저녁에 갑자기 청혼을 받고 의도치 않게 그 소식이 알려진 셈이니 루나의 모친은 그냥 넘어가기로 하였다.

"그럼 늦긴 했지만서도… 정 서방 얼굴이라도 함 보자."

루나의 엄마는 딸의 약혼 상대가 누구인지 인터넷을 통해 이미 알고 있었다.

대한민국 재계 서열 3위인 천하 그룹 총회장의 손자인데다 아버지는 외교부 차관으로 있으며, 머리도 똑똑해 박사학위를 몇 개나 가지고 있다고 하였다.

뿐만 아니라 나이도 자신의 딸보다 세 살이나 적다는 사실을 알고 마음속으로 이미 딸의 신랑감이라 인정하였다.

능력으로나 그 집안 배경을 봐도 자신의 딸이 한참이나 모자란 감이 있는데, 상대가 먼저 청혼을 했다고 하니 너무도 기뻤다.

그녀가 생각하기에 여자는 뭐니 뭐니 해도 자신을 사랑해 주는 사람과 결혼을 해야 행복하게 잘산다고 믿었다.

전에 이야기를 들었을 때는 남자보다 자신의 딸이 더 적극적이라 걱정을 했는데, 다시 이야기를 들어보니 남자 쪽에서도 딸을 사랑하고 있다는 것을 알게 되어 안심이 되었다.

말로는 얼굴을 보자고 하였지만, 사실 인터넷에 떠도는 수한의 사진을 보았기에 얼굴은 이미 알고 있는 상태였다.

겉으로 드러난 하자가 없다는 것은 알았지만, 그래도 직접 눈으로 확인을 하고 싶었다.

사실 그렇지 않겠는가.

재벌 3세에다가 박사 학위도 여러 개나 가지고 있으며 잘생기기까지 하였다.

그런 완벽한 남자가 비록 톱스타라고는 하지만 자신보다 세 살이나 많은 누나와 결혼을 결심했다는 것은 쉽게 이해할 수 있는 성질의 것이 아니었다.

아무리 자신의 딸이라지만 상대가 너무도 완벽했으니 말이다.

그래서 처음에는 뭔가 문제가 있는 것은 아닌가 하는 의심도 들었다.

하지만 인터넷 어디에도 딸의 결혼 상대가 여느 재벌 2세나 3세들처럼 사고를 일으켰다는 정보는 없었다.

오히려 불우한 사람들을 돕기 위해 사재를 털어 재단을 만들고, 그 외에도 훌륭한 일을 많이 하고 있다는 정보만이 가득했다.

물론 그중에 조금 신경이 쓰이는 내용도 있기는 했다.

어려서 납치를 당했고, 또 그에게는 친부모 외에 양어머니가 한명 더 있다는 사실이었다.

한 명도 힘든데 두 명의 시어머니를 모시게 된 자신의 딸이 걱정되는 것은 당연했다.

사실 그런 이유로 찾아와 딸의 결혼 상대를 만나려는 것이기도 했다.

"알았어. 지금 당장은 좀 어렵고, 내가 연락을 해보고 알려줄게. 그러니 오늘은 그냥 돌아가."

"뭐, 알았다. 대신 꼭 얼굴 보여줘야 한다. 만약 근시일 내에 찾아오지 않으면, 나 이 결혼 반대다."

루나의 엄마는 그렇게 협박을 남기고는 자리에서 일어났다.

당연하게도 루나의 얼굴에는 어처구니없는 소리를 들었다는 표정이 역력했다.

6.
대선(大選)

대한민국 연예계에 비상이 걸렸다.

어느 날 갑자기 사라진 톱스타 때문이었다.

이렇다 할 이유도 없이 그저 평소처럼 드라마 촬영을 하다 사라진 남자 배우가 주변에 알리지도 않고 잠적을 한 것이다.

그런데 실종된 남자 배우가 그동안 보여온 행실을 따지자면 너무도 많은 여자들에게 원한을 사 그의 실종을 두고 여러 가지 설이 흘러나왔다.

지저분한 사생활로 인해 버려진 여자가 원한을 품고 납치해 감금하고 있다는 설에서부터, 버려진 여자 중 누군가가 권력자의 애인이 되어 복수를 했다는 설 등이었다.

웃긴 점은 모든 추론이 박현빈이 그동안 보인 잘못된 행실이 원인이 되어 이번 일이 벌어졌을 것이라는 내용이었다.

그런데 그런 내용과는 다르게 많은 사람들이 믿고 있는 또 다른 소문이 하나 있었다.

그것은 바로 박현빈이 실종되기 전날, 드라마 촬영장에서 벌어진 일을 근거로 생산된 소문이었다.

요점은 박현빈이 같은 드라마에 출연하는 루나의 애인과 촬영장에서 사소한 말다툼을 했다는 것.

그런데 루나의 애인이라 알려진 소문의 주인공이 다름 아닌 천하 그룹 정대한 총회장의 손자이며 정명국 회장의 조카였던 것이다.

뿐만 아니라 현직 외교부 차관인 정명수의 아들이기도 했다.

이런 정황을 근거로 천하 그룹에서 박현빈을 납치한 것이 아닌가 하는 이야기가 나오게 된 것이다.

그 이야기를 들은 일반인들은 드라마에서나 볼 법한 재벌이나 상류층들의 행태와 연관 지어 정말로 천하 그룹에서 무례를 범한 박현빈을 납치한 것이 아닌가 하는 의심을

GREAT
그레이트 코리아
KOREA

했다.

그리고 그런 소문을 더욱 부채질하는 일이 벌어졌다.

박현빈이 실종되고 일주일도 되지 않아 드라마의 남자 주인공이 바뀐 것이다.

그것도 루나가 소속되어 있는 천하 엔터 소속의 남자 탤런트로.

그야말로 전격적인 교체였다.

뿐만 아니라 기존의 드라마 스폰서가 아무런 이유도 없이 후원을 중단하였는데, 그 빈자리로 라이프 메디텍이 새롭게 들어와 드라마 제작에 참여하게 되었다.

만약 새로운 스폰서가 나오지 않았다면 드라마는 그대로 엎어질 상황이었다.

그런데 다행스럽게도 기존 스폰서가 후원 중단을 선언한 지 하루도 되지 않아 라이프 메디텍이 새로운 후원사로 등장한 것이다.

나중에 알려진 것이지만, 라이프 메디텍의 실질적인 주인이 바로 루나의 약혼자인 정수한이란 것이 알려지면서 또 한 번 이슈가 되었다.

그리고 그런 정황 때문에 일부 사람들은 천하 그룹 납치설이 정말 사실일 수도 있겠다는 의심을 하게 된 것이다.

만약 그 소문이 사실이라면 천하 그룹은 엄연히 불법을 저지른 것이니 당연 엄중 처벌을 받아야 할 일이었다.

　때문에 검찰에서는 소문의 진위를 파악하기 위해 수사를 하려고 하였지만, 착수 직전에 중단이 되었다.

　수사가 중단된 이유는 실종되었던 박현빈이 돌아왔기 때문이다.

　그리고 더욱 사람들을 놀라게 한 일이 벌어졌는데, 그건 바로 그가 돌아오자마자 기자 회견을 열어 연예계 은퇴 선언을 했기 때문이다.

　뿐만 아니라 그동안 저질렀던 잘못과 케이스트에서 자신이 불법적으로 누려온 잘못들에 관해 소상하게 털어놓았다.

　자신이 동창인 김다운의 소개로 케이스트에 들어갔고, 또 스폰서를 제안 받아 몇 번의 관계를 가졌다는 내용이었다.

　여자 연예인들의 스폰서와의 만남에 대해서 가끔 이슈로 나오기는 했지만, 남자 연예인도 그렇다는 사실이 밝혀진 것은 이번이 처음이었다.

　사실 여자 연예인뿐만 아니라 신인이나 그리 알려지지 않은 남자 연예인도 은밀하게 이런 제안을 받는다고 알려지긴 했지만, 공공연하게 밝혀지진 않았다.

　그런데 박현빈의 고백으로 그것이 사실로 드러나게 된 것이다.

그로 인해 검찰은 박현빈의 실종에 대하여 수사를 하려던 것을 그만두고 새로이 밝혀진 남자 연예인과 스폰서 간의 불법적인 관계를 수사하기에 이르렀으며, 더 나아가 연예계 전반에 걸친 성상납과 그 연결 고리를 수사하는 것으로 범위를 넓혀 나갔다.

잊혀질 때쯤이면 터져 나오는 성상납 이야기로 인해 조금은 식상할 만도 하지만, 이번에는 그렇지 않았다.

일일 드라마의 흥행 보증수표라 일컬어지는 톱스타 중 한 명의 입에서 나온 이야기였기에 사람들의 관심이 이만저만이 아니었다.

쿵쾅! 쿵쾅!

[기호 1번, 김승만! 기호 1번 김승만이 준비된 대통령입니다!]

[이제는 바꿔야 합니다. 자유민주주의를 위협하는 현 정

권에게서 국민의 힘으로 민주주의를 되찾아야 합니다. 민주주의 수호자, 기호 2번, 이대중! 이대중을 뽑아주십시오!]

무더운 여름의 열기가 한창 그 기세를 뻗치고 있을 때, 또 다른 곳에서는 여름의 더위를 능가하는 열풍이 불었다.

대한민국 21대 대통령인 윤재인 대통령의 임기가 끝나고, 이제 내년이면 새로운 대통령의 임기가 시작된다.

그런 이유로 대한민국은 벌써부터 22대 대통령을 뽑기 위한 선거운동이 한창이었다.

여당인 한국당은 당내 경선을 통해 홍준표가 구속되면서 새롭게 원내총무가 된 4선의 중진 의원인 김승만을 대선 후보로 내세웠다.

사실 작년까지만 해도 김승만은 여당인 한국당 내에서 세력을 갖춘 의원은 아니었다.

그렇지만 작년 말에 불어 닥친 국회의원 비리 수사에 많은 의원들이 조사를 받는 과정에서 범법 사실이 밝혀져 국회의원 자격을 박탈당했다.

때문에 정계에 커다란 지각변동이 일어났다.

이는 여야를 가리지 않고 성역 없는 수사를 촉구한 대통령의 의지에 검찰이 총력을 기울여 수사를 한 끝에 벌어진 일이다.

결국 많은 의원들이 의원직을 상실해 때 아닌 보궐선거가 벌어졌다.

사실 보궐선거라 하면 국고를 낭비하는 일로 생각되겠지만, 이번의 경우엔 손실이 발생한 비용을 불법을 저지른 전직 국회의원들의 재산을 추징함으로써 상계하였다.

그렇게 치러진 보궐선거에서 여당인 한국당이나 제1야당인 민족당 후보는 한 명도 당선되지 못하였다.

그도 그럴 것이, 한국당과 민족당 국회의원들의 의원직 상실로 치러지는 선거였기에 국민들의 입장에선 그 나물에 그 밥인 한국당과 민족당 후보를 찍을 이유가 없었다.

그래서 보궐선거에서 새롭게 뽑힌 국회의원들은 제2야당인 민족수호당이나 선진민주당 소속이 주를 이뤘다.

그로 인해 국회 내 의석수에 많은 변화가 있었는데, 그것은 바로 제2야당이었던 민족수호당의 의석수가 한국당과 민족당을 능가하게 되었다는 것이다.

뿐만 아니라 교섭 단체 구성을 갖추지 못했던 신진민주당은 이번 보궐선거를 통해 의석수가 스물하나로 늘어나 국회법 제33조에 의거해 교섭 단체가 되었다.

거대 야당이 된 민족수호당을 경계하기 위해 여당인 한국당과 제2야당이 된 민족당은 의석수에서 밀리기 때문에 이들은 선진민주당을 끌어안아야만 했다.

아무튼 대한민국은 보궐선거를 끝내기 무섭게 또다시 대선(大選)을 치르게 되었다.

그런데 여당은 영입 1순위로 거론되던 정명수 외교부 차관이 아닌, 당내 원내총무인 김승만을 대선 후보로 내세웠다.

대선 후보라 거론되던 중진 의원들이 대거 자격을 상실해 감옥에 수감되고, 또 영입하려던 정명수 외교부 차관이 제1야당인 민족수호당에 입당하여 그곳의 대선 후보로 나왔기 때문이다.

민족당 또한 비슷한 이유로 당내 경선을 통해 이대중 의원을 대선 후보로 내세웠다.

하지만 현재 여론조사에 의하면, 한국당의 김승만 후보나 민족당의 이대중 후보의 지지율은 22%와 21.8%로 채 45%도 되지 않는 데 비해 민족수호당의 대선 후보로 나온 정명수의 경우 50.1%라는 엄청난 지지율을 보이고 있으며 이는 계속해서 늘어나고 있는 추세였다.

한국당의 김승만 후보나 민족당의 이대중 후보가 조금은 허황된 공약(公約) 아닌 공약(空約)을 하는 반면, 정명수는 현재 대한민국의 역량이 어떤지, 그리고 어떻게 정책을 추진해 나갈 것인지 계획을 설명하며 국민들에게 약속을 하였다.

그저 말만 앞세운 것이 아닌, 실현 가능한 일을 전문가들의 조언을 받아 추진하겠다고 하니, 정명수 후보의 지지율이 오르는 것은 당연한 일이었다.

"이대로 되겠습니까?"

어두운 밀실 안, 흐릿한 조명 아래에서 몇 명의 사람들이 이야기를 나누고 있었다.

무언가 고심하는 문제에 관한 대책을 세우기 위해 모인 것 같은데, 현재 회의 내용은 지지부진하였다.

사실 이들이 논의하는 문제는 대책이란 게 있을 수 없었다.

그런데도 어떻게든 대책을 세워야만 하였다.

그도 그럴 것이, 이들과 경쟁하는 당의 대선 후보의 공약 중 하나가 다름 아닌 국회의원들이 가지고 있는 특권을 줄이겠다는 것이었다.

물론 1대에서 21대까지 대통령 선거를 치르며 국회의원의 특권을 줄이겠다는 공약이 나온 것은 한두 번이 아니었다.

하지만 자신이 당선되면 꼭 이것만은 지키겠다고 강조를 했던 후보들도 막상 대통령의 자리에 오르면 말을 바꾸었다.

누군가 왜 공약을 지키지 않느냐고 따지면 변명만을 늘어놓았다.

눈앞에 더 중요한 일이 있는데, 국회에서 문제를 삼으면 국론이 분열된다는 둥의 그야말로 말도 되지 않는 내용이었다.

화장실 들어갈 때와 나올 때가 다르다는 말의 전형적인 사례였다.

국민과 약속을 한 공약(公約)은 그저 허공에 떠드는 약속인 공약(空約)일 뿐이었다.

"하지만 방법이 없어요. 방법이!"

"이런 방법은 어떻겠습니까?"

답이 없는 문제를 가지고 논의를 하다 보니 회의는 진전이 없었고, 그 때문에 모인 사람들은 스트레스가 장난이 아니었다.

그러던 중 한 사람이 뭔가 생각이 났는지 말을 하였다.

그의 말에 모든 사람들의 시선이 쏠렸다.

"어떤 것 말입니까?"

누군가 대표로 물어오자 말을 꺼낸 사람이 자신이 생각한 바를 말하기 시작하였다.

"제가 조사한 바에 의하면, 정명수 후보가 캄보디아 대사 일 당시에 대사관의 운영비 일부를 유용했다고 합니다. 그러니 우리는 이것을 확대시켜 만약 그가 대통령에 당선된다면 독단으로 국고를 유용할 수 있다는 의심과 혹시나 천하그룹을 지원하는 데 사용할 수도 있다고 주장하는 것입니다."

"음……."

자리에 있던 사람들은 그 말을 잠시 음미하듯 조용히 생각에 잠겼다.

"그 말 사실입니까?"

그러던 중 한 명이 방금 주장을 한 사람의 말이 사실인지 물었다.

"예, 사실입니다. 당시 일을 제보해 준 외교부 직원은 저희 쪽 사람입니다. 그가 말하길, 그 당시 개인적으로 누군가를 만나 자금을 전달했다고 합니다."

그의 말이 끝나기 무섭게 주변이 부산스러워지기 시작했다.

만약 그의 말이 사실이라면 현재 대선 후보 가운데 지지율이 가장 높은 민족수호당의 정명수 후보를 끝장낼 수도 있는 내용이었다.

공공 자금인 대사관 운영 자금을 개인적으로 유용한 사람이라는 사실이 밝혀진다면 당연히 그의 지지율은 곤두박질칠 것이 분명했다.

아니, 어쩌면 대선 후보에서 물러나라는 시위가 벌어질지도 모를 일이었다.

자리에 모인 사람들은 두 눈을 반짝이면서 이후의 일을 논의하기 시작하였다.

"최대한 이 사실을 공론화하는 것이 중요합니다. 그러니… 이 사실을 TV 토론에서 다루는 것이 좋겠습니다."

회의 결과, 정명수 후보의 캄보디아 대사 재직 당시에 공금 유용 사실을 대선 후보 간의 TV 토론회에서 공론화하기로 정하였다.

"그거 좋은 생각입니다. 제 생각에도 그것이 가장 극적일 것 같습니다."

"좋습니다. 그때를 D—day로 합시다."

짝짝짝짝!

남을 해코지하려는 모의를 하며 좋다고 박수를 치고 족속들.

이들은 그 뒤로도 음모를 꾸미기 위해 머리를 맞대고 논의를 계속하였다.

◆　　　◆　　　◆

"그런데 이거, 이대로 괜찮겠느냐?"

정명수는 아들의 권유로 대통령 선거에 뛰어들기는 했지만, 아직까지 얼떨떨한 상태였다.

집안에서 반대하는 결혼을 함으로써 인연을 끊고 관계로 발을 들였다.

재벌 집안인 천하 그룹 3남의 자리를 벗어나 자신의 능력으로 외무 고시를 패스하고 외교관으로서 관계에 입문한 것이다.

그리고 능력을 인정받아 승승장구를 하며 대사의 자리까지 올라갔다.

다만, 어디나 그렇듯 그가 속한 파벌이 권력 투쟁에서 밀려 한직으로 밀리게 되었다.

권력의 중심에 가까운 일본이나 미국 대사 자리는 정명수
와는 너무도 인연이 멀었다.

 그런 주요한 나라의 대사 자리는 유력 파벌에서 밀어주는
이들의 차지가 되었다.

 물론 정명수에게 그런 자리에 오를 수 있는 기회가 없던
것은 아니었다.

 다만, 갓난아기 때 납치된 아들을 찾기 위해 인연을 끊고
지냈던 집안과 소통을 하게 되면서 자신의 배경이 알려지게
되었다.

 재벌과 정관계는 때려야 뗄 수 없는 불가분(不可分)의
관계였다.

 그것이 좋은 결과가 될 수도 있지만, 정명수에게는 악재
로 작용을 하였다.

 당시 외교부에도 여러 파벌이 있었지만, 그중에는 그의
집안인 천하 그룹과 원수처럼 지내는 그룹이 있었다.

 그리고 그 그룹의 후원을 받는 인사들이 당시 외교부나
다른 정부 부서의 높은 자리에 앉아 있었다.

 사정이 그러다 보니 정명수는 그 뒤로 계속 한직만 떠돌
게 되었다.

 원칙적으로 대사(大使)의 직책은 지역 순환 근무였다.

무슨 말인고 하면, 대륙별로 구역을 나누어 임기를 마치면 다른 대륙으로 보직을 변경해 발령이 되는 것이다.

하지만 정명수는 그렇게 되지 않고 계속해서 한직인 동남아 지역에서만 순환을 하였다.

이것은 분명 잘못된 처사였지만, 당시 권력자들은 모두 한통속이었기에 아무리 정명수가 항명을 하여도 누구 하나 듣지 않았다.

대사라는 직책이 결코 낮은 것은 아니지만, 권력을 차지한 이들에게는 그들만의 리그가 있었다.

아무튼 이미 정계에 몸을 담은 정명수에게도 욕심은 있었기에 그런 불합리 속에서도 참고 인내하며 대사의 직책에 남아 있었다.

물론 대사의 자리에 있으면 오래전 실종된 아들을 찾을 확률이 높다는 생각에 이를 악물고 참았지만, 어찌 되었든 또 다른 욕심은 정계 진출이었다.

관계에서 차관이나 장관이 안 된다면 국회의원으로 자리를 바꿔 또 다른 방법을 찾을 수 있지 않을까 하는 생각에 착실히 스펙을 쌓았다.

그런데 수한은 18년이 지나고 거물이 되어 제 발로 가족의 품에 돌아왔다.

뿐만 아니라 자신만의 길을 걸어가며 큰일을 이룩해 나가고 있었다.

그러던 아들이 느닷없이 자신에게 정치를 하라고 운을 떼더니, 한창 세를 불리고 있는 민족수호당에 입당하여 대선 후보로 등록을 하라는 것이었다.

처음 대선 후보, 대통령 선거의 후보로 나가라는 아들의 말에 정명수는 당황하였다.

하지만 그것도 잠시. 아들의 일을 돕기 위해서라면 그 이상도 할 수 있다는 생각에 부탁대로 민족수호당에 입당하고, 또 경선을 통해 민족수호당의 대선 후보로 등록을 하였다.

사실 민족수호당의 대선 후보 경선은 눈 가리고 아웅하는 것이나 마찬가지였다.

어떻게 된 일인지는 모르겠지만, 민족수호당의 의원들은 하나같이 아들인 수한의 말에 따랐다.

메주를 팥으로 쑨다고 해도 믿을 정도로 그들은 수한을 신봉하였다.

민족수호당과 수한에게 자신이 모르는 어떤 관계가 있을 것이란 생각을 이때쯤 하게 되었다.

일단 어찌 되었든 아들의 권유로 대선 후보에 입후보를

하였으니 최선을 다해 선거에 임할 생각이었다.

그래서 자신이 준비해야 할 일들에 대해 공부를 하고 빈틈없이 준비를 해 나갔다.

하지만 그래도 불안하였다.

다른 경쟁자들은 정치판에서 수십 년을 구른 능구렁이들이었다.

자신에게서 어떤 허점을 발견해 공격해 올지 모르는 일이었기에 늘 불안했다.

아무리 자신이 청렴하게 생활을 했다고 하지만, 인간이기에 빈틈은 있을 것이다.

자신이 놓친 어떤 것을 가지고 집요하게 물고 늘어질 것이 분명했다.

"아무런 걱정도 하지 마세요. 저들이 어떤 준비를 하더라도 그에 대비하고 있으니, 아버지는 계획대로 연설을 하시면 돼요."

수한은 불안해하는 정명수를 안심시켰다.

정명수가 대선 후보로 등록하며 내건 첫 번째 공약은 임기의 1년 안에 통제되고 있는 북한 지역에 대한 개방을 하겠다는 것이었다.

그리고 둘째는 안정된 안보 외교였다.

올해 말 중국과의 동북 3성에 대한 영토 문제가 해결된다.

2025년에 벌어진 국지전의 결과, 중국은 자신들의 잘못을 인정하고 동북 3성을 대한민국에 할양하기로 조약을 맺었다.

이는 전쟁 보상금 개념으로 지급되는 것이라 어떤 국제적 이의를 할 수 없는 일이었다.

그런데 통일 이후 아직까지 북한 땅도 제대로 통제가 되지 않아 남한 지역 국민이 자유롭게 통행을 하지 못하는 시점인데, 거의 한반도 크기의 면적에 달하는 동북 3성을 다시 얻게 되면 국토방위 측면에서 공백이 일어날 수도 있었다.

자칫 잘못하다가는 2025년에 발생했던 압록강 전투와 같은 상황이 또다시 재연될 수 있는 것이다.

지금보다도 국경이 세 배 이상 늘어나게 되기 때문이다.

관계가 그런대로 괜찮은 러시아와는 어떨지 모르겠지만, 한 번 교전을 치른 중국 국경은 안전하다고 장담할 수가 없었다.

워낙 중화사상(中華思想)에 찌든 중국인들이기에 2025년에 발생한 전투에서 그들이 받은 충격은 대단하였다.

그들은 세계 2위의 군사강국으로서 자신들의 상대는 초
강대국 미국만이 있을 뿐이라 주장해 왔다.

하지만 중국 내 최강의 전력이라 자부하던 심양 군구의
전력(戰力)이 몇 수 아래라 여기던 한국군에 처참하게 패배
하였으니 당연한 결과였다.

아무튼 그 일로 인해 심양 군구의 터전이던 동북 3성을
한국에 할양하게 되었으니, 중국인들로서는 그냥 두고 보고
있지만은 않을 것이 분명했다.

그러니 최대한 빠르게 넓어진 국경을 단속할 필요가 있었
다.

그러기 위해 국방부에서는 급히 예산을 편성해 당초 퇴역
시키려던 구북한군들을 직업군인으로 수용하는 중이었다.

이런 국방부의 행보에 발맞춰 정명수는 강력한 안보 외교
를 주장하고 이를 실천하겠다 공약을 걸었다.

그리고 셋째로 주장한 것이 바로 대한민국 역사에 대하여
공개적이고 객관적인 조사를 하여 민족정기를 바로 세우겠
다는 것이었다.

이 세 번째 공약은 조금 허황되게 느껴지는 감이 없잖아
있지만, 사실 이것은 수한이 주장해 넣은 공약이었다.

민족 수호 단체인 지킴이의 수장이면서 민족의 뿌리에 관

한 자료를 그 누구보다 많이 가지고 있는 사람이 바로 수한
이었다.

이는 의붓 할아버지인 혜원으로부터 물려받은 것으로, 혜
원 또한 선대의 지킴이 회주들에게서 이어받아 수한에게 전
한 것이다.

그리고 수한이 이런 공약을 넣게 한 것은 사실 전적으로
일본을 겨냥한 것이었다.

일본은 매년 국방백서를 발표하면서 독도를 자신의 영토
라 주장하고 있다.

8월 15일에 대해서도 대한민국 국민들에게는 그날이 일
제 식민 통치에서 벗어난 광복절이지만, 일본인에게는 전쟁
을 중단한 종전 기념일이다.

일본인들은 2차대전 당시 패전을 했으면서도 마치 승전
국이라도 되는 것처럼 그날을 기념하며 퍼레이드까지 하는
등 대대적으로 선전을 했다.

그리고 그날, 일본의 정치인들은 당시 전범들을 기리는
야스쿠니에 모여 참배를 하였다.

비슷한 역사를 가지고 있는 독일과는 참으로 다른 행보를
보이는 것이다.

독일 또한 2차대전의 전범국이다.

하지만 그들은 과거를 청산하기 위해 부단한 노력을 해왔다.

기본적으로 총리부터가 당시 피해를 입은 나라를 찾아가 자신들의 선조가 잘못한 것을 고개를 조아리고 사과하는 것이 당연한 절차인 양 이루어진다.

그리고 그때의 참상이 재발하지 않게 하기 위해서도 노력을 아끼지 않았다.

그런데 일본은 독일과 다르게 자신들의 잘못을 숨기는 데에 그치지 않고 후손들에게 잘못된 역사의식마저 주입하고 있었다.

2차대전 당시 일본이 저지른 군 위안부 강제 동원이나 식민지 국가 국민들을 강제로 노역시킨 것, 그리고 마루타(まるた: 통나무)라 명명한 생체 실험까지.

일본은 그러한 전쟁범죄를 아직까지 부정하고 있다.

그렇기에 수한은 반성하지 않는 일본을 그냥 놔두지 않을 생각이었다.

끝까지 진실을 파헤쳐 대한민국 국민들은 물론이고, 일본인, 그리고 나아가 전 세계에 2차대전 당시 일본 정부의 비인간적인 행위들을 고발할 계획인 것이다.

그러기 위해서 세 번째 공약으로 민족정기 회복을 위한

내용을 넣은 것이다.

마지막 공약은 한반도에 있는 원자력 발전소를 철거하는 것에 관한 내용이었다.

이 공약은 사실 두 번째, 세 번째 공약보다도 더 많은 논란을 일으킬 수 있는 내용이었다.

원자력발전은 어떻게 보면 대한민국 경제와도 밀접한 관계가 있는 문제였다.

실제로 원자력 발전으로 공급되는 전력량을 생각하면 쉽게 포기할 수 있는 사안이 아니었다.

그런데 수한은 정명수에게 공약으로 내세우게 하였다.

자칫 잘못하다가는 정계는 물론이고, 재계와도 척을 질 수 있는 문제였다.

하지만 그런 것에 연연하지 않고 수한과 민족수호당은 이러한 공약을 걸고 정명수를 전면에 내세웠다.

지금도 정명수는 공약에 대한 문제로 아들인 수한과 의논을 하고 있는 중이다.

이런 것들이 과연 가능한 것인지 말이다.

하지만 수한에게는 공약들을 현실적인 결과로 만들어낼 수 있는 능력이 있었다.

그가 가진 능력을 풀어놓는다면 불가능이란 없었다.

하지만 수한은 자신이 모든 걸 처리하겠다는 생각은 하지 않았다.

자신이 능력을 발휘해 모든 문제를 해결하게 된다면 모두가 처음에는 놀라워하고 또 환호를 하겠지만, 얼마 지나지 않아 자신을 괴물이라 여기거나 공공의 적으로 돌릴 것이 분명했다.

사람들은 자신이 상상하는 이상의 능력을 가진 존재를 보게 되면 대동소이한 반응을 보인다.

경외와 동경, 그리고 질투.

처음에는 놀라운 모습에 경외와 동경을 하겠지만, 시간이 지나면서 자신이 갖지 못한 능력에 대한 질투가 되고, 질투가 커져 혐오가 된다.

처음 가졌던 경외와 동경이란 감정은 사라지고, 두려움과 불안으로 발전하다 최종적으로는 그런 존재를 배제하기 위한 음모를 꾸며 죽이거나 제 스스로 죽는 것이다.

즉, 더불어 공생을 하지 못하고 어느 순간 파멸로 향한다는 것이었다.

그렇기에 수한은 그런 일이 일어나지 않게 조절을 하는 것이고, 사람들의 이해 범위 안에서 능력을 발휘하는 것이었다.

◆　　◆　　◆

　미국 워싱턴 DC, 백악관.

　백악관 대통령 집무실에서는 NSC(국가안보회의)가 한창이었다.

　"현재 중동 상황은 어떤가?"

　존 슈왈츠 대통령은 아서 헤밀턴 NSA 국장을 보며 물었다.

　아서 헤밀턴은 조용히 서류를 살피고는 대답을 하였다.

　"현재 중동은 점차 안정기로 들어가고 있습니다."

　"그래?"

　작년 말, 미국은 10년이 넘는 시간 동안 계속되어 온 이슬람 과격 무장단체인 IS와의 지지부진한 대처 상황을 타개하기 위해 특단의 조치를 내렸다.

　그 배경에는 커다란 실패가 있었다.

　엄청난 전비를 들였지만 사태를 해결하지 못하고 오히려 IS의 지능적인 기만전술에 넘어가 자칫 우방인 쿠웨이트를 잃을 뻔한 것이다.

　다행히 쿠웨이트는 만약을 대비해 민간 군사 기업(PMC)

에 의뢰를 했었다.

만약이란 가정하에 보험을 들어놓은 덕분에 IS의 침공에서 쿠웨이트 왕실은 무사할 수 있었으며, 결과적으로 IS의 침공군을 쿠웨이트 땅에서 몰아내기까지 했다.

아니, 완벽하게 격퇴를 할 수 있었다.

쿠웨이트를 침공하고 한때 왕궁을 장악한 IS의 기갑 군단은 미국, 영국, 프랑스, 그리고 한국군과 쿠웨이트 왕실에서 의뢰를 맡긴 PMC 연합의 공격에 전멸을 피하지 못했다.

3천 대가 넘는 전차와 1,500대에 이르는 IS의 기갑 군단의 기계화부대는 대부분 파괴되거나 연합군에 노획이 되었다.

때문에 IS는 일시적으로 상당한 전력 공백이 발생하였다.

그리고 미국은 그에 그치지 않고 당시의 상황을 반격의 기회라 여겼다.

IS와의 전투로 소비되는 전비(戰費) 일부를 차용하여 쿠웨이트 왕실이 의뢰를 맡긴 PMC에 의뢰를 넣은 것이다.

세계 최강의 군사력을 가지고 있는 미국이 대규모 전력을 투사해야 하는 지역에 자국 군대가 아닌 PMC에 의뢰를 한 것에 대해 많은 나라들이 관심을 두었다.

그런데 그에 대한 결과가 무척이나 좋았다.

자신들이 직접 성과를 낸 것이 아니기에 비록 자존심이 조금 상하기는 했지만, 일단 의회나 국민들의 반응이 좋기에 존 슈왈츠 대통령이나 행정부 수반들도 긍정적으로 생각했다.

"조금 전 들어온 정보에 의하면, IS가 지배하고 있던 이라크 북부 싱카까지 진출을 하였다고 합니다."

싱카는 이라크 북부에 위치해 있으며, 시리아와의 국경에서 얼마 떨어지지 않은 작은 도시였다.

"그럼 어느 정도나 되어야 그놈들을 이라크에서 완전히 몰아낼 수 있겠나?"

존 슈왈츠 대통령은 지긋지긋한 IS를 이라크에서 언제쯤이나 돼야 몰아낼 수 있는지 물었다.

하지만 그것은 불가능한 일이었다.

이슬람 무장 단체, 즉 이슬람 테러 조직을 근절시킨다는 것은 불가능했다.

이슬람교 내에는 수니파와 시아파라는 계파가 있으며, 이슬람 국가들은 두 교리 중 하나를 국교로 삼고 있다.

그리고 그러한 사정은 이슬람 무장 테러 조직 또한 마찬가지였다.

2001년 9월 11일, 세계를 깜짝 놀라게 만든 미국 뉴욕의 세계 무역 센터 테러를 자행한 알카에다가 시아파의 대표적인 무장 테러 조직이라면 IS는 바로 수니파의 대표적인 무장 테러 조직이다.

그리고 세계를 공포에 떨게 만든 알카에다보다 IS의 전력이나 자금이 더 많다고 알려졌다.

그러한 이유로 IS는 자신들의 조직 이름을 이슬람 국가(Islamic State)라 지은 것이기도 했고.

그들은 오사마 빈 라덴이 이슬람 조직을 만들었다면, 자신들은 국가를 만들었다고 자랑할 정도로 큰 자부심을 가지고 있었다.

하지만 그래봤자 자신들의 교리를 믿지 않는 사람들을 납치해 참수(斬首)하는 등 공포를 확산시키면서 떠드는 소리이기에 아무도 그들의 이슬람 국가 건설을 인정하지 않았다.

아무튼, 큰 악명을 떨치는 IS와 오랜 기간 전쟁을 치르면서 미국은 세계 최강이란 수식어에 상처를 입었다.

그리고 그로 인해 미국의 경제도 수렁으로 빠지고 있는 중이었다.

전쟁 특수라는 말이 있기는 하지만, 미국의 방위산업체들이 전쟁으로 흑자를 보고 있을 때 다른 기업들은 전쟁 때문에 적자를 보았다.

이러한 사실은 미국 경제에 전혀 도움이 되지 않는 일이었다.

때문에 일각에선 전쟁 반대 시위가 벌어지기도 했다.

다른 나라와의 전쟁보다 자국의 경제를 먼저 살리라는 소리였다.

미국 정부로서는 진퇴양난의 기로에 서게 된 셈이었다.

그런데 적은 비용으로 효과적인 방법을 찾게 되었으니, 그것은 바로 민간 군사 기업(PMC)을 활용하는 방안이었다.

문제는 IS를 상대할 수 있을 만큼 강력한 PMC를 구하는 것이었는데, 쿠웨이트 해방 작전을 통해 강력한 전력(戰力)을 가진 PMC를 찾게 되어 의뢰를 하였다.

그리고 자신들의 바람대로 그 의뢰는 성공적이라는 보고가 들어오는 중이었다.

이라크 내 IS의 최대 집결지인 모술을 점령한 지 얼마 되지 않아 시리아와의 국경 인근 도시인 싱카까지 진격했다는 말에 존 슈왈츠 대통령의 마음은 무척이나 고무되었다.

"이달 말일이 되기 전에 IS를 이라크에서 몰아낼 수 있을 것이라 예측하고 있습니다."

"좋아, 아주 좋아. IS만 이라크에서 몰아내면 한동안 상원에서도 더 이상 뭐라 하지 않겠지?"

존 슈왈츠 대통령은 말을 하면서 한 손으로 머리를 쥐었다.

요즘 상원에서 들어오는 압박이 장난이 아니었는데, 그나마 다행이란 생각이 들었다.

사실 현재 존 슈왈츠 대통령이 속해 있는 공화당 내에서도 이라크에서 벌어지고 있는 IS와 전쟁에 회의적인 반응을 보이는 이들이 있었다.

그리고 민주당 의원들은 존 슈왈츠 대통령이 국내 경기도 어려운데 다른 나라에 너무 신경을 쓴다고 비난을 하고 있는 중이었다.

그런데 이렇게 이라크에서 기쁜 소식이 들려오니 한숨 돌리는 계기가 되었다.

그렇게 한창 회의 분위기가 좋아지고 있는데, 갑자기 찬물을 뿌리는 말을 하는 이가 있었다.

그는 바로 미국의 해외 첩보를 책임지는 CIA의 수장인 말론 국장이었다.

말론 국장은 심각한 표정을 지은 채 대통령에게 보고를 했다.

"좋은 분위기에 찬물을 끼얹는 듯해 죄송하지만, 보고를 하지 않을 수가 없겠습니다."

"뭔가?"

좋은 분위기를 망치는 듯한 말론 국장의 말에 존 슈왈츠 대통령은 표정을 굳히며 물었다.

"조금 전 아서 국장이 언급한 지킴이 PMC가 속해 있는 나라와 관련된 정보입니다."

말론 국장은 심각한 표정으로 보고서를 읽어 내려갔다.

"현재 한국은 대통령 선거를 준비하고 있습니다. 그런데 현재 당선이 유력시되고 있는 후보의 성향이 민족주의적 색채가 강합니다."

"민족주의 색채가 강한 후보라고? 그게 누군가?"

"예. 그는 바로 민족수호당이란 정당이 대통령 선거 후보로 내세운 정명수란 인물로, 그는 1996년에 한국의 외무부에 발령이 되었습니다. 그리고 캄보디아 대사를 역임했으며, 올해 1월에 대사 자리에서 물러나 민족수호당에 입당, 경선을 통해 대통령 후보가 되었습니다."

말론 국장은 대한민국의 대통령 후보로 나선 정명수에 대한 약력을 대통령과 NSC 위원들에게 알렸다.

"아무리 그를 밀고 있는 당이 거대 야당이라고는 하지만, 지지율이 엄청나군."

"그렇습니다."

존 슈왈츠는 말론 국장의 보고를 듣다가 아무리 정명수가 소속된 민족수호당이 거대 야당이라 하지만 여당이나 제2 야당의 후보들의 지지율을 압도적으로 밀어내고 있는 것에 의아한 생각이 들었다.

보통 정치란 것은 오랜 활동으로 국민들에게 익숙해야만 지지율이란 것이 올라가는 법이었다.

그런데 그동안 정치권에 별로 이름을 알려지지 않은 사람이 갑자기 부상했다는 것이 조금은 이해가 가지 않았다.

막말로 미국처럼 지역을 기반으로 여론을 형성해 이름값을 알리는 것도 아닌 정치 형태를 가지고 있는 한국에서 이름도 알려지지 않은 대통령 후보가 순식간에 여당과 야당의 정치인들을 밀어내고 압도적인 차이를 보인다는 것이 이상했다.

존 슈왈츠 대통령이나 다른 NSC 위원들이 의문을 가지는 모습에 말론 국장은 첨언을 하였다.

"CIA에서 파악한 바로는, 민족수호당이란 단체가 4년 전에 갑자기 생긴 정당이기는 하지만 소속된 의원들은 결코 호락호락하지 않은 이들입니다. 2, 30대의 지지를 받고, 또 4, 50대에게도 어필할 수 있는 역량을 가지고 있는 의원들이 다수 포함되었으며, 결정적으로 민족수호당을 지지하는 기업들이 상당하다는 것입니다. 그리고 그런 기업들 중에는 M이 실질적 주인으로 있는 기업과 그의 집안인 한국 재계 서열 3위인 천하 그룹이 있습니다. 그리고 천하 그룹의 총회장이 바로 이번 대통령 당선이 유력한 Mr. 정의 아버지이기도 합니다."

"그렇다면 그가 갑자기 부상한 이유가 그의 집안에서 밀어주기 때문이라는 말인가?"

"예. 저희는 그렇게 판단하고 있습니다."

"음……."

존 슈왈츠 대통령은 한국의 다음 대통령으로 당선이 유력시되는 사람이 민족주의자라는 말에 고민을 하기 시작하였다.

동맹국 대통령이 민족주의자라는 것이 자국에 이득이 될지, 아니면 손해가 될지 판단을 하는 것이었다.

대선 후보 TV 토론회.

대통령 선거 후보는 선거법에 의거해 3회의 토론회를 할 수 있다.

이때 각 당의 대통령 선거 후보는 40분의 시간 동안 자신에게 주어진 시간을 활용해 자신이 대통령이 되었을 때 중점적으로 다룰 정책이나 국정 운영을 어떻게 해 나갈 것인지 그 방향을 국민들 앞에 알리는 것이다.

그런데 토론회인 이유는 그저 자신의 정책을 알리는 것뿐만이 아니었다.

다른 정당에서 나온 대선 후보의 정책을 듣고 그 허점을 공격함으로써 자신의 지지율을 상승시킨다거나, 아니면 상대의 공격으로 자신이 미처 생각지 못했던 정책의 빈틈을 메우며 보완을 하는 것이다.

오늘은 그 첫 번째 TV 대선 후보 토론회가 벌어지는 날이다.

이번 대통령 선거에 입후보한 모든 대선 후보가 다 나오는 것이 아니라 일정 지지율 이상으로 당선이 예상되는 후보만이 이번 TV 토론회에 초대되었다.

"전국에 계시는 7,500만 국민 여러분 안녕하십니까. 지금부터 제22대 대통령 선거 후보 세 분을 모시고 토론회를 진행하게 될 사회자 유연석입니다. 지금부터 대선 후보들의 정책을 두고 토론회를 시작하겠습니다."

토론회의 사회를 맡은 유연석은 KBC의 간판 아나운서로, 논리적이고 중립적으로 토론회를 진행하는 태도 때문에 국민들의 많은 지지를 받고 있는 사람이었다.

그런 이유로 대선 후보들의 정책 토론회에서도 공평하게 진행을 할 수 있을 것이라 판단을 해 선거관리위원회에서 그를 이번 토론회의 사회자로 섭외하였다.

토론회를 시작하기 전, 자리 배정은 카메라에서 가장 오른쪽에 여당의 대선 후보인 김승만이 자리했고, 가운데는 현재 대선 후보 중 가장 지지율이 높은 민족수호당의 대선 후보인 정명수 전 외교부 차관이, 그리고 왼쪽에는 민족당의 대선 후보인 이대중 후보가 자리하였다.

"오른쪽에 자리하고 있는 한국당 후보이신 김승만 후보, 가운데 민족수호당 후보인 정명수 후보, 그리고 왼쪽에 자리하신 민족당의 대선 후보이신 이대중 후보가 자리하십니다. 그럼……."

사회자인 유연석은 일단 토론에 앞서 토론회에 참석한 각 정당 후보의 이름을 알렸다.

정당 후보의 이름을 알리고 정해진 순서에 따라 오른쪽에 있는 한국당 후보인 김승만 후보의 정책을 시작으로 토론회가 시작되었다.

한 사람이 자신의 정책 방향을 설명하면 뒤이어 각 정당의 후보들이 그 사람의 정책을 두고 설전을 벌였다.

여러 가지 핵심 정책을 두고 토론이 돌다가 국정 예산에 대한 토론을 하기 시작하자 한국당 후보인 김승만의 눈빛이 반짝이기 시작하였다.

'때가 왔다. 후후.'

김승만이 음흉한 생각을 하고 있을 때, 유연석이 정명수를 지명하며 토론이 시작되었다.

"이번에는 민족수호당의 정명수 후보 먼저 이야기해 보겠습니다. 2027년 대한민국 정부 예산이 468조입니다. 그중… 정명수 후보께서는 이를 어떻게 생각하십니까?"

2027년 정부의 예산 총액이 밝혀지고 각 부처에서 상정한 예산이 유연석의 설명으로 TV를 통해 국민들에게 알려졌다.

그리고 그에 대하여 유연석은 정명수에게 정부 예산을 어떻게 집행할 것인지 물었다.

유연석의 질문에 정명수는 준비한 원고를 한 번 보고는

질문에 대한 답을 하기 시작하였다.

그런데 그의 말이 끝나기 무섭게 오른쪽에 앉아 있는 김 승만 후보가 정명수를 공격하기 시작하였다.

"제가 제보를 들었는데, 정명수 후보가 2020년 캄보디 아 대사로 있을 당시 대사관의 예산 일부를 유용했다고 하 던데, 그건 어떻게 된 일입니까?"

김승만은 대선 후보들의 TV 토론회가 있기 전부터 준비 했던 비밀 무기를 정부 예산에 관한 이야기가 시작되자 정 명수를 향해 단도직입적으로 던졌다.

정부 예산에 관한 이야기와는 별개의 문제지만, 지금 김 승만이 오래전 캄보디아 대사 재임 시절에 대사관 예산을 개인적으로 유용한 일을 거론함으로써 정명수의 도덕성에 흠집을 내고 대선 후보로서 부도덕함을 강조하려는 것이었 다.

"그 말씀이 사실이라면 대한민국을 대표하는 대통령을 뽑는 자리에 나온다는 것은 자격이 되지 않는다 생각합니 다."

그동안 토론을 하면서 별다른 주목을 받지 못했던 민족당 의 이대중이 얼른 김승만의 말을 받아 정명수를 공격했다.

그런데 정작 두 사람에게 공격을 받은 정명수의 표정은

별로 변화가 없었다.

"제가 대사로 있을 당시 대사관 운영비를 유용한 것은 맞습니다."

"뭐요? 지금 그걸 사실이라고 인정한 것입니까?"

"저, 저… 저렇게 뻔뻔스러울 수가! 어떻게 대선 후보라는 사람이 그런 범법 행위를 저지르고도 뻔뻔스럽게 후보로 나올 수가 있습니까?"

너무도 당당하게 대답하는 정명수의 태도에 김승만과 이대중은 목에 핏대를 세우며 성토하였다.

그리고 그런 모습은 방송을 통해 여과 없이 국민들에게 전달되었다.

그런 탓에 여기저기서 정명수의 도덕성에 관해 떠드는 이들이 있었다.

그리고 그건 대선 후보 TV 토론회를 직접 참관하기 위해 방청석에 앉아 있는 사람들도 마찬가지였다.

웅성웅성.

"잠시 조용히 해주시기 바랍니다. 정명수 후보의 답변 시간이 아직 끝난 것이 아니니 잠시 조용히 해주시기 바랍니다."

사회자인 유연석은 정명수의 답변으로 장내가 소란스러

워지자 얼른 주변을 정리해 나갔다.

그리고 아직 답변 시간이 끝나지 않은 정명수 후보에게 시선을 던지며 질문을 하였다.

"방금 7년 전 캄보디아 대사로 있을 당시 대사관 운영 예산을 개인적으로 유용했다고 하셨는데, 어떻게 된 일인지 자세히 밝혀주시기 바랍니다."

논란이 생길 것이 분명한 말을 하고도 침착한 태도를 보이는 정명수의 모습에 유연석은 뭔가 내막이 있을 것 같다는 예감이 들었다.

그랬기에 장내를 조용히 시키며 정명수가 대사관 운영 예산을 유용하게 된 이유를 물었다.

그리고 그런 유연석의 질문에 정명수는 미소를 지으며 차분하게 입을 열었다.

"제가 캄보디아 대사로 있던 2020년 당시, 대한민국은 아직 통일이 되지 않아 남북으로 분단되어 있는 시기였습니다. 3대가 세습하여 다스리던 북한의 경제는 날로 피폐해져만 갔고, 그 때문에 북한 주민들은 살기 위해 북한을 탈출하던 시기입니다."

정명수는 사전에 준비된 시나리오를 기억하며 보다 그럴듯하게 당시의 일을 포장해 설명하기 시작하였다.

물론 없는 사실을 꾸며낸 것이 아닌, 있는 내용을 사람들이 생각하는 구미에 맞게 포장을 하는 것이었다.

일례로 같은 음식이라 해도 어떻게 담아내느냐에 따라 그 음식의 값이 달라지는 법이다.

지금 정명수도 사전에 준비한 것처럼 사람들이 자연스럽게 받아들이게끔 연출을 하였다.

"정부에 상신을 하였지만, 탈북자 지원금이 도착하기 전까지 억류 중이던 탈북자의 신변 보호를 위해 어쩔 수 없이 대사관 예산을 사용할 수밖에 없었습니다."

정명수는 당시 탈북자를 구출하기 위해 정부에서 보내주는 탈북자 지원 자금을 기다리기보단 우선 대사관에서 사용 가능한 예산을 미리 집행을 하였다는 말을 하였다.

"와!"

짝짝짝짝!

정명수의 답변이 끝나기 무섭게 방청석에서 환호와 함께 큰 박수가 터져 나왔다.

방청석에서 박수 소리가 터져 나오자 조금 전까지만 해도 정명수를 곤경에 빠뜨렸다고 좋아하던 김승만이나 이대중의 얼굴이 구겨졌다.

한편, 두 사람의 표정이 구겨진 것과는 반대로 조금 전까지만 해도 정명수가 대사관 예산을 유용했다고 욕을 하던 사람들은 그 이유가 탈북자들을 돕기 위해서였음을 알게 되어 그의 지지율은 더욱 올라가게 되었다.

7.
모의(謀議)

9월 17일, 대통령 선거 당일.

민족수호당 당사 앞으로 많은 사람들이 모여들었다.

정명수는 당일 오전 일찍 인근에 위치한 선거구에 들러 투표를 하고 바로 당사로 출근을 하였다.

이날 방송국은 앞 다투어 선거 결과를 예측하며 보도를 하고 있었는데, 정명수와 그를 지지하는 많은 민족수호당 의원들, 그리고 당원들은 당사에 모여 커다란 TV 모니터를 보며 초조하게 투표 결과를 지켜보고 있었다.

이번 대통령 선거는 전체 유권자 4,988만 명 중 93%의 투표율을 보이고 있었다.

투표를 한 유권자 중 46,388,400명이 투표에 참여를 했으며, 방송국에서는 당선 가능 득표수를 총 투표수 중 45%인 20,874,780표 정도로 예측하였다.

여타의 여론 조사 기관에서도 예상 득표수를 2천만 표 정도로 예상했기에 차이는 별로 없었다.

그리고 현재 득표 1등을 달리고 있는 것은 민족수호당의 정명수 후보였다.

리포터가 투표가 시작되는 새벽부터 투표장 입구에서 예측 조사를 하였던 것처럼 45%가 개표된 현재 1위를 달리고 있는 정명수 후보는 11,009,855표로 전체 투표수 중 24%가 조금 못 되는 득표를 하고 있었다.

그리고 2위는 한국당의 김승만 후보로 그의 득표수는 6,958,260표였으며, 3위인 민족당의 이대중 후보는 그보다 30만 표 정도 뒤지는 6,639,988표였다.

뭐, 그 뒤로 나온 후보들은 당선과는 거리가 먼 득표수를 보이며 이들 3인 중 한 명이 제22대 대한민국 대통령으로 당선될 것이 유력했다.

하지만 투표를 지켜보는 많은 사람들은 이미 결과를 알고 있는 것처럼 정명수 후보를 보며 일찍부터 당선 축하 인사를 건네고 있었다.

그도 그럴 것이, 지금까지 결과가 여당의 표밭이라 불리는 경남과 경북, 그리고 민족당의 표밭이라 불리던 전라도 지역의 개표가 70% 정도 이루어졌기 때문이다.

사정이 그러다 보니 민족수호당의 의원들이나 당원들의 축하는 어찌 보면 당연한 것이었다.

물론 아직 서울과 경기, 그리고 북한 지역의 결과가 모두 집계된 것은 아니지만, 투표 전 사전 조사를 했을 당시 서울과 경기, 그리고 북한 지역에서 민족수호당의 정명수 후보가 한국당의 김승만 후보나 민족당의 이대중 후보를 압도적으로 눌렀기에 사실상 결과를 보는 것이 민망할 정도였다.

그리고 그런 예측대로 계속해서 올라오는 개표 상황은 시간이 지날수록 정명수 후보와 다른 후보들의 격차가 벌어지고 있었다.

그런데 지역별로 선거 득표수를 나타내는 그래프를 보면 참으로 특이한 것이 드러났는데, 그것은 바로 북한 지역의 선거 결과였다.

동그란 원 안, 득표수에 따라 정당의 색으로 표시를 한 그래프에 북한의 거의 모든 지역이 민족수호당의 색인 녹색으로 물들어 있다는 것이었다.

그리고 나머지 일부 지역도 마찬가지로 여당인 한국당이나 제2야당이 된 민족당의 붉은색이나 파란색은 별로 없고, 거의 대부분이 민족수호당의 색깔인 녹색이었다.

그리고 아직 개표가 끝나지 않아 덜 채워진 원의 빈틈은 빠르게 녹색으로 물들어가고 있었다.

비록 북한 지역의 유권자가 남쪽에 비해 절반 정도인 1,700만 명 정도이기는 하지만, 거의 대부분의 북한 유권자가 정명수 후보를 선택하였다는 것은 많은 것을 시사하는 바였다.

2025년, 갑작스럽게 한반도가 통일되고 민주주의가 북한 지역에 퍼지기 시작한 지 이제 겨우 3년이 되었다.

그런데 정부 여당의 후보보다, 그리고 오랜 기간 제1야당으로 집권했던 민족당의 후보보다 상대적으로 역사가 짧은 민족수호당의 후보를 선택했다는 것은 그만큼 민족수호당이 북한 지역 주민들에게 가깝게 다가갔다는 의미였다.

사실 한국당이나 민족당은 말로는 화합을 외치지만, 한 번도 진실되게 북한 지역 주민들에 대하여 생각을 한 적이 없었다.

아무리 치안을 위해 군이 관리하는 지역이라고는 하지만, 선거철에만 잠시 들러 유세만 하고 돌아간 그들과 대통령 선거가 있기 전부터 북한 지역을 돌아다니며 형편이 어려운 주민들을 찾아 도움의 손길을 건넨 민족수호당 중 북한 주민들이 누구를 선택할 것인가는 뻔한 일이었다.

아무튼 제22대 대통령 선거 결과는 의외로 싱겁게 끝났다.

예측대로 압도적인 득표수 차이로 민족수호당의 정명수 후보가 대한민국의 제22대 대통령 당선자로 이름을 올렸다.

제22대 대통령 당선자가 된 정명수의 총 득표수는 29,986,998표였다.

전체 투표수 중 64%가 넘는 득표율을 보였으며, 한국당이나 민족당, 그리고 무소속으로 나온 후보들의 총 득표수를 아득히 넘어가는 차이를 보인 것이다.

와장창!

"바가야로(ばかやろう)!"

일본의 한 저택에서 노년의 남자가 보고 있던 TV를 향해 거칠게 욕을 하며 탁자 위에 놓인 컵을 들어 던졌다.

쾅!

파직!

TV 모니터는 남자가 던진 컵과 부딪혀 폭발을 하고 말았다.

"코우테이(こうてい, 皇弟)!"

갑작스런 소란에 밖에 있던 사람들이 문을 열고 들어와 그 남자를 불렀다.

방금 전 화가 나 TV 모니터에 화풀이를 한 남자의 정체는 바로 현 일본의 왕 요시히토의 동생인 나루히토였다.

나루히토는 일본이 떠오르는 태양처럼 비상을 하기 위해선 가까이 있는 한국, 한반도가 망해야 한다고 생각하고 있었다.

그러기 위해선 한반도에 뛰어난 인물이 나오는 것을 막아야 한다고 생각해 오랜 동안 공작을 해왔다.

5년 전에 해체된 일신 그룹 또한 그런 곳 중 하나였다.

일신 그룹은 나루히토의 염원이 담긴 후원으로 성장을 하였고, 또 영재를 찾는다는 명목으로 대한민국의 어린 영재들을 찾아 세뇌를 시켜 일본을 위해 재능을 사용하는 일꾼으로 만들었다.

그런 나루히토의 계획은 오랜 동안 순조롭게 진행이 되는 듯했다.

하지만 어디서부터 잘못된 것인지, 어느 순간부터 운영이 삐꺽하더니 수십 년을 기울여 키웠던 후원 기업이 한순간에 해체되었다.

그 과정에서 막후에 있던 일본의 존재가 어느 정도 드러나게 되었으며, 그동안 한반도에서 벌였던 공작들이 하나둘 수포로 돌아가기 시작했다.

5년 전의 잘못을 바로잡기 위해 재차 공작을 했지만, 시기가 좋지 못해 실패를 하였다.

그래서 절치부심(切齒腐心)하여 다시 한 번 공작을 하였지만, 이번에도 보기 좋게 실패를 하고 말았다.

참으로 어처구니가 없었다.

결과적으로 일본은 쓸데없이 한국에 자금을 가져다 바친 꼴이 되어버렸다.

일본을 막후에서 지배하는 세력과 나루히토는 통일이 된 한국이 발전하는 모습을 저어하여 자신들의 말을 잘 따르는 위인을 한국의 수장으로 앉히려고 공작을 꾸몄다.

그 과정에서 많은 비자금이 한국에 투입되었다.

비자금은 그들이 후원하는 후보가 대통령에 당선되게 하기 위해 투입된 것이라 대통령에 당선되지 않으면 회수가 불가능했다.

　나루히토가 속한 조직이 한국의 대선에 쏟아부은 자금의 규모는 총 1조 엔이나 되었다.

　1조 엔은 한국의 원화가치로 환산하면 3조 원이나 되었으며, 그만한 자금이 허공에 붕 떠버렸으니 나루히토가 이렇게 흥분하는 것은 어쩌면 당연한 결과였다.

　아무리 일본이 경제대국이고, 또 그런 일본을 막후에서 지배하는 조직이라고 하지만, 그럼에도 상당히 무리가 가는 돈이었다.

　"구로다를 불러라!"

　나루히토는 방으로 들어온 사내를 쳐다보지도 않은 채 자신의 할 말만 하였다.

　그가 말한 구로다란 바로 현 일본의 총리인 아키야마 구로다였다.

　영원할 것 같던 거대 여당인 자민당이 해체되고, 그 자리를 신일본선진당이 차지하였다.

　자민당이 해체된 것은 사실 2024년에 벌어진 스캔들 때문이었다.

　동맹국인 한국에 스파이를 보내고, 그것도 모자라 그곳에서 대규모 테러 행위를 자행한 것이 일본 수상의 명령이었다는 것이 밝혀지면서 일본은 국제적으로 배척을 받게 되었다.

그 때문에 오랜 경기침체에서 겨우 벗어나던 일본의 경제는 나락으로 떨어지고 말았다.

때문에 가뜩이나 지지율이 낮아지고 있던 총리는 자신의 실책을 통감하며 자리를 사퇴하였다.

하지만 일본의 국민이나 세계인들은 그런 일본 총리의 반응에 냉담했다.

문제만 생기면 자신이 책임을 모두 떠안고 물러나겠다고 떠드는 일본의 정치인의 태도는 도저히 신뢰(信賴)가 가지 않는다며 믿지를 않았다.

오히려 책임을 회피하려는 수작이라며 국회와 자민당 당사 앞에서 대규모 시위가 벌어졌다.

그 때문에 자민당은 국회와 국민 모두에게 압력을 받게 되었고, 또 당 내에서도 신진파와 노장파 간의 갈등이 대두되면서 결국 해체의 수순을 밟게 되었다.

거대 여당인 자민당이 해체되었지만, 결과적으로 일본의 정치는 바뀌지 않았다.

그저 지배 세력의 당 이름만 바뀌었을 뿐인 것이다.

아무튼 현 일본의 총리는 자민당이 물러난 자리를 차지한 신일본선진당의 대표인 아키야마 구로다였다.

그런데 신일본선진당의 총수이며 현 일본 총리인 아키야마 구로다의 진정한 정체는 바로 일본의 막후 지배자인 흑룡회의 간부였다.

예전 자민당의 총수 아베 미노루가 그랬듯 그 또한 같은 조직의 간부인 것이다.

드르륵, 척.

"부르셨습니까, 총수님."

방문이 열리고 안으로 들어온 반백의 남자가 일본 전통 의상을 입은 채 다다미방에 앉아 있는 나루히토의 앞으로 다가가 무릎을 꿇고 고개를 숙이며 인사를 하였다.

"일이 실패했더군. 이제 어떻게 할 것인가?"

자신을 향해 극공의 예를 갖추며 인사를 하는 총리를 보면서도 나루히토는 아무런 감정도 드러나지 않는 억양으로 물었다.

그런 나루히토의 물음에 구로다 총리는 고개도 들지 않은 채 대답을 하였다.

"이렇게 된 이상 반도를 불바다로 만들 것입니다."

구로다는 과격한 표현을 사용해 가며 대답을 하였다.

"호, 그게 가능하겠나?"

나루히토는 구로다의 말을 듣고 눈에 이채를 띠며 물었다.

인간이 소통하는 수단은 여러 가지 방법들이 있다.

대화가 있고, 또 폭력을 동반한 수단이 있다.

그리고 그런 수단 중 가장 최악의 방법은 누가 뭐라 해도 전쟁이었다.

어떤 사람은 전쟁을 가리켜 늙은것들이 젊은이들의 목숨을 가지고 벌이는 유희라고 했다.

자신의 생명이 위협 받지 않으니 거침이 없는 것이다.

그런데 지금 일본의 총리인 아키야마 구로다는 지금 자국인 일본도 아니고, 동맹인 대한민국에 전쟁을 일으키겠다는 말을 하고 있었다.

현대 시대에 접어들며 국가 간의 전쟁이란 상황은 쉽게 일어나지 않았다.

하지만 아주 어렵지만도 않은 것이, 이득을 위해선 자국에 어떤 일이 벌어지든 상관하지 않는 위인 또한 참으로 많았다.

그리고 그런 위인들이 많은 나라를 구로다는 잘 알고 있었다.

입으로는 애국이니 민족을 위한다고 떠들지만, 속을 들여다보면 개인의 이득을 위해 나라와 민족을 배신하는 위인들.

그런 인물들을 만들기 위해 자신들이 그동안 얼마나 많은 일을 했는지 그들은 정녕 모를 것이다.

농장에서 가축을 사육하듯 먹이를 주며 그들을 키웠고, 농장 주인이 식탁을 풍성하게 하기 위해 가축을 잡듯 구로다는 일본을 살찌우게 하기 위해 그동안 세뇌시켜 온 이들을 이용할 생각이었다.

"예. 욕심 많은 돼지들을 먹이로 유인하고, 그동안 먹이를 주며 키우던 가축들을 이용하면 식탁은 무척이나 풍성해질 것입니다."

"돼지들을 먹이로 유인하고 가축들을 이용한다? 하하하하!"

나루히토는 구로다 총리의 말을 듣고 뭐가 그리 기꺼운지 조금 전 화를 내던 모습과는 다르게 화통하게 웃었다.

그런 나루히토의 면전에서 부복(俯伏)하고 있는 구로다의 눈빛이 차갑게 빛나고 있었다.

◆ ◆ ◆

미국 워싱턴 DC 북서쪽 포토맥 강, 글렌 에코.

유유히 흐르는 포토맥 강을 따라 길게 뻗은 도로 위로 검정색 세단이 서 있었다.

차 안은 텅 비어 있었다.

가끔 차를 세워두고 강가로 내려가 피크닉을 즐기는 이들도 있기에 전혀 이상해 보이지는 않았다.

하지만 주말에 피크닉을 나와 여유를 즐기는 이들과는 전혀 다른 모습이 포토맥 강변에서 벌어지고 있었다.

간편한 복장으로 낚시를 즐기는 백인의 곁에 검정색 양복을 입은 작은 키의 동양인이 앉아 이야기를 하고 있었다.

어떻게 보면 별로 이상해 보이지 않을 것 같은 모습이기도 하지만, 그들 주변으로 검정색 양복에 인이어를 귀에 낀 채 주변을 살피는 경호원들이 있어 절대 피크닉이나 휴가를 즐기는 모습으로는 보이지 않았다.

"장관님, 저희의 제안을 어떻게 생각하십니까?"

"난 더 이상 장관이 아니라니까 그러네."

미국의 전 국무장관이었던 리노 레이놀즈는 자신의 옆자

리에 앉아 떠들고 있는 일본인의 의도를 알 수가 없어 계속해서 부정의 답변을 하고 있었다.

하지만 이 일본인은 무섭도록 집요하게 자신에게 제안을 던져 댔다.

마치 악마의 유혹처럼 무척이나 달콤한 것이, 정말로 그의 제안을 받아들이고 싶었다.

사실 지금 리노 레이놀즈의 상황은 그리 좋지 못했다.

그가 국무장관의 자리에서 물러날 때 현 대통령과 척을 지고 물러났기에 현재 그는 정치판에서 끈 떨어진 연과 같은 신세였다.

정치적 동반자였던 존 슈왈츠 대통령을 몰아내고 차기 대권을 노렸기에 공화당이나 민주당에서도 그를 받아주지 않았다.

친구를 배신한 사람이란 낙인이 찍힌 것이다.

그런 탓에 어지간해서는 정계 복귀가 힘들었다.

그런데 지금 이 눈앞의 일본인이 자신을 정계로 복귀시켜 줄 뿐 아니라 접었던 꿈을 이루게 해주겠다며 제안을 하고 있었다.

물론 존 슈왈츠의 재임 기간도 이제 얼마 남지 않았긴 하지만, 그렇다고 이미 정치생명이 끝난 것이나 다름없는 자

GREAT
그레이트 코리아
KOREA

신에게 정계 복귀는 물론이고, 대통령의 자리까지 안겨주겠다는 말을 하고 있으니 어처구니가 없었다.

그런데 처음 품었던 생각과 다르게 계속되는 이 일본인의 말을 듣다 보니 전혀 불가능하다고 여겨지지가 않았다.

이미 미 의회에 이들이 후원하고 있는 의원들이 상당했으며, 정치판에서 절대적인 진리라는 자본의 논리를 들이미는 데 혹하지 않을 수가 없었다.

하지만 자리에서 물러나고 보니 리노 레이놀즈의 눈에 자신보다 먼저 장관의 자리를 그만둔 리지 오스왈도 전 국방장관이 무엇 때문에 그렇게 자신을 막았는지 깨달을 수 있었다.

자신이 맡고 있던 국무부에도 정보국(INR)이 존재하는 것처럼 국방부에도 정보를 취급하는 국방정보국(DIA)이 있었다.

그리고 국무부의 정보조사국이 외국의 전반적인 정보를 취급한다고 한다면, 국방부의 국방정보국은 전적으로 군사력과 관련된 정보만을 취득하였다.

전반적인 정보력은 국무부 산하 INR의 정보력이 더 우수하지만, 군사력 부문에서만은 국방부 DIA의 수준을 따라가지 못하는 것이 사실이었다.

뒤늦게 리지 오스왈도가 무엇 때문에 그렇게 자신을 반대했는지 알게 된 리노 레이놀즈는 지금 자신을 유혹하고 있는 일본인의 머릿속을 들여다보고 싶은 심정이었다.

지금 이 일본인은 미국의 또 다른 동맹인 한국을 오래전 그랬던 것처럼 일본의 식민지로 만들고 싶어 했다.

사실 그가 국무장관의 자리에 있을 때는 그러거나 말거나 미국의 입장에선 전혀 문제가 될 것이 없었기에 신경도 쓰지 않았다.

그저 언젠가부터 미국의 말에 반항하는 듯한 한국의 행동에 제제를 가할 필요가 있다는 생각에 일본의 편을 들어줬을 뿐이다.

물론 그 대가로 많은 것을 일본으로부터 받았지만 말이다.

하지만 최근 국무장관의 자리에서 물러나 뒤늦게 시야를 넓히다 보니 자신이 그동안 보지 못했던 것을 발견할 수 있었다.

아무리 국무장관의 자리에서 물러났고, 또 현 대통령인 존 슈왈츠와 관계가 좋지 못하다고는 해도 그동안 쌓은 인맥이 있기에 여러 가지 정보들이 들려왔다.

그런데 자신과 친분이 두터웠던 중동 파견군 사령관 데이

비드 매카시 대장에게서 놀라운 이야기를 듣게 되었다.

한국의 PMC의 활약이 대단하다는 것이다. 아니, 그저 대단한 정도가 아니라 두 눈으로 직접 보고도 도저히 믿을 수 없는 기적과도 같은 일을 벌이고 있다고 했다.

그런 이야기를 듣게 되자 일선에서 물러나 무력하게 지내던 삶에서 활력을 찾게 된 듯했다.

매카시 대장이 말한 곳이 어떤 곳인지 알아보던 중 리노 레이놀즈는 한때 CIA의 말론 국장과 함께 꾸몄던 일이 생각이 났다.

그와 동시에 그동안 잊고 있던 이름이 떠오르면서 고개를 끄덕일 수밖에 없었다.

CIA의 관리 코드에 M이라 분류가 된 천재 과학자이자 발명가인 정수한 박사를 기억해 낸 것이다.

이런저런 생각을 하던 리노 레이놀즈는 자꾸만 낚시를 방해하는 일본인을 돌아보며 말하였다.

"난 모든 일선에서 물러난 사람이오. 정 그런 일에 필요한 사람을 찾는다면 이 사람을 찾아가 보시오. 이건 내가 일본에게 받은 호의에 대한 보답이오."

한참 고민을 하던 리노 레이놀즈는 옆자리에 있는 일본인의 제안을 끝내 거절하였다.

그렇지만 자신이 장관으로 있을 당시 받은 것이 있기에 작은 호의를 베풀어 누군가를 소개해 주었다.

자신과 같은 급진파 위원 중 한 명을 그에게 소개해 준 것이다.

그러면서 자리를 뜨려는 일본인의 뒤에 대고 한마디를 던졌다.

"네 마지막 호의라고 생각하고 들으시오. 겉으로 드러난 것만 가지고 판단을 하지 말기를……."

리노 레이놀즈는 그렇게 알 수 없는 말을 하고는 다시 시선을 포토맥 강에 담겨 있는 낚싯대로 향했다.

한편, 리노 레이놀즈를 끌어들이려던 일이 생각처럼 풀리지 않자 그가 소개해 준 사람을 찾아가기 위해 움직이던 오야 타나마루는 고개를 갸웃거리며 강변에 정차해 있는 자신의 차에 올랐다.

그렇게 오야 타나마루가 미국에서 자신들의 계획에 지지해 줄 정치인들을 만나고 있을 때, 중국에서도 또 다른 만남이 이루어지고 있었다.

상해하면 가장 먼저 떠오르는 것은 누가 뭐라고 해도 랜드 마크인 동방명주탑이다.

높다란 기둥을 중심으로 구슬을 꿰어놓은 듯한 독특한 외형을 가지고 있는데, 이 동방명주탑은 미디어 그룹인 동방명주의 방송 수신탑으로 1994년 준공되었다.

건설 당시 세계에서 네 번째로 높은 건물이자 아시아에서는 두 번째로 높은 건물로 기록이 되었다.

그리고 이 동방명주탑에서 내려다보이는 상해의 전경은 참으로 아름다워 전망대에 있는 식당이 아주 유명하다.

동방명주탑의 최고층 스카이라운지는 관광 명소로 알려졌기에 하루에도 몇 천 명이나 되는 관광객으로 혼잡한 곳인데, 오늘만큼은 무척이나 조용했다.

그 이유는 일본의 사업가가 오늘 하루 이곳 전체를 대여했기 때문이다.

그러한 이유로 동방명주탑의 스카이라운지는 한산했다.

평소 많은 인파가 북적이며 소란스러운 소음이 제거된 동방명주의 스카이라운지는 무척이나 조용하고 아늑하였다.

그리고 지금 동방명주 스카이라운지 한쪽, 상해의 야경이 보이는 창가 자리에 일단의 사람들이 앉아 있었다.

덩치 큰 사내와 조금은 왜소한 남자.

상반된 체격을 가진 두 사람 주위에는 검은 양복을 갖춰 입은 경호원들이 자리해 있었다.

"일본에서 특사가 오다니, 참으로 뜻밖의 일이오."

중국 국무원 부총리인 위청산은 오늘 자신을 만나자고 청한 일본 외무성 차관을 보며 조금은 불편한 심기를 내비쳤다.

사실 중국과 일본의 관계는 그리 좋은 편이 아니었다.

중국어로 다오위다오(釣魚島), 일본 말로 센카쿠 열도라 불리는 지역의 영토 분쟁 때문에 두 나라는 사실 적대 관계나 마찬가지였다.

그런데 비밀리에 이렇게 회담이 이루어지게 된 것은 전적으로 일본이 뭔가를 약속했기 때문이다.

"하하, 나라를 위해서 아니겠습니까? 저희같이 국가를 위해 일하는 사람들은 언제 어느 때든 국가가 필요하다면 손을 잡을 수 있는 것 아니겠습니까?"

일본인은 자신을 비꼬는 위청산의 공격적인 말투에도 미소를 잃지 않고 능글맞게 말을 받았다.

결코 쉽게 대할 수 없는 언변의 소유자였다.

그러니 적대국이나 다름없는 중국까지 특사로 온 것일 테지만.

"우리 쓸데없이 각을 세우기보다는 양국에 이득이 되는 건설적인 대화를 하는 것이 어떻겠습니까?"

일본 외무성 차관인 사사키 곤도는 안경을 고쳐 쓰고 눈을 반짝이며 본론을 꺼냈다.

그런 여유로운 태도에 위청산도 새삼 태도를 달리했다.

'만만치 않은 자로군.'

기선을 제압하기 위해 일부러 무례하게 행동을 한 것인데, 상대는 별다른 표정 변화 없이 오히려 자연스럽게 흘러넘겼다.

"좋소. 그래, 우리와 하고 싶은 말이 뭐요?"

위청산은 사사키가 만만찮은 상대라 느끼며 단도직입적으로 물었다.

보통 외교 협상에서 먼저 본심을 내보이는 것은 상대에게 주도권을 내줄 수도 있는 일이라 대개는 삼가는 일이라 할 수 있었다.

그렇지만 중국의 외교관들은 보편적으로 그런 절차를 무시하는 경향이 강했다.

그만큼 자신이 있다는 판단에서 나오는 태도였다.

사실 중국을 상대로 외교 협상을 하는 나라들은 대체로 한발 물러나며 양보를 하는 경우가 많았다.

이는 국제사회에서 통하는 힘의 논리에 따른 결과라고 할 수도 있었다.

엄청난 인구와 경제성장을 통해 강대국의 지위에 올라선 중국을 무시할 수 있는 나라는 그리 많지 않았다.

그렇기에 지금도 위청산이 보여주는 태도도 그리 낯선 것은 아니었다.

그는 중국인 특유의 거만함을 드러내며 자신을 불러낸 이유에 대해 물었다.

그에 처음으로 사사키가 당황하였다.

설마 비밀 협상을 하기 위해 나온 자리에서까지 이렇게 직설적으로 물어올지는 몰랐기 때문이다.

이미 사전에 대략적인 정보를 건네주었는데도 외교적 수사 없이 직설적으로 물어보니 대답하기가 참으로 난감했다.

"음……."

잠시 신음성을 흘린 사사키는 즉답을 피하며 다시 한 번 미끼를 던졌다.

"중국은 한국을 어떻게 보고 있습니까?"

"한국을 어떻게 본다라… 그게 무슨 말이오?"

다시 한 번 질문으로 대응하는 위청산.

좀체 원하는 대답을 하지 않는 위청산의 태도에 사사키는 잠시 뜸을 들이다 본론을 꺼냈다.

"이미 느끼고 계시겠지만, 한국은 중국이나 우리 일본에게 있어 발등에 떨어진 불이나 마찬가지인 존재입니다."

"발등의 불?"

"예, 솔직히 전 한국이 두렵습니다."

사사키의 난데없는 말에 위청산은 어처구니없다는 표정이 되었다.

"그건 또 무슨 소리요? 갑자기 한국이 두렵다니?"

이유를 묻지 않을 수가 없었다.

그런 위청산의 질문에 사사키는 차분하게 대답을 하였다.

"부총리도 한국인들의 저력에 대해선 아실 것이라 생각합니다."

"음……."

"고대 한반도의 역사를 보면 알 수 있듯, 그들이 뭉쳤을 때의 힘은 대륙조차도 불안에 떨어야 했습니다."

위청산이 불쾌하다는 표정을 지으며 바라보든 말든 사사키는 자신이 하고자 하는 말을 계속해서 이어갔다.

"고구려가 그랬고, 발해가 그랬으며, 고려가 그랬습니다. 조선에 와서야 그들의 세가 기울었지만 말입니다."

말을 하던 사사키는 슬쩍 위청산의 표정을 살폈다.

자신의 말이 어느 정도 먹히는지 보려는 것이다.

"그건 다 지난 과거의 일이지 않소?"

사사키의 말에 심기가 불편해진 위청산은 애써 감정을 죽이며 일축했다.

"과거요? 하, 그럼 3년 전 일은 무엇입니까?"

"뭐요!"

그러다 3년 전 일을 언급하는 사사키의 말에 더는 참지 못하고 소리쳤다.

3년 전 일이란 것은 중국에게 있어 그야말로 치욕스런 사건이었다.

국무원 총리와 심양 군구 사령관이 작심을 하고 압록강을 건너 침략 행위를 하려다 패한 전투.

그 일로 인해 그 끝을 모르고 치솟던 중국의 자존심이 크게 꺾이고 말았다.

막강한 위세를 과시하던 군사력이 몇 수 아래라 평가하던 한국만도 못하다는 실체가 드러난 것이다.

국제사회의 조롱은 물론, 중국 내부에서도 큰 충격의 여파가 휩쓸고 지나갔다.

국무원 총리는 자살하였고, 심양 군구 사령관이던 심보령은 사형이 언도되어 바로 집행을 했다.

심양 군구 예하의 장군들도 숙청의 칼바람을 피하지는 못했다.

아무튼 그 일은 중국 공산당에게는 생각하고 싶지도 않은 뼈아픈 사건이었다.

그런데 지금 사사키가 그러한 치부를 들춘 것이다.

"제 말에 기분이 상했다면 사과를 하겠습니다. 하지만 제가 말하고자 하는 핵심은 그것이 아닙니다. 그때의 사건에서도 알 수 있듯 한국인들은 합심을 하게 되면 무척이나 위험하다는 것입니다."

사사키는 위험이라는 말을 특히 강조하였다.

그의 교묘한 화술에 위청산도 나름 타당한 결론이라는 생각을 품게 되었다.

중국의 군사력 중에서도 최정예들로 구성되어 있던 심양 군구였다.

그런데 그들이 압록강조차 건너지 못하고 패퇴한 것이다.

최신형은 아니지만 중국 기갑 전력의 주력인 99식 전차가 상대에게 피해도 주지 못하고 괴멸당했다는 것은 아직도 이해할 수 없는 부분이었다.

당시 한국군이 보유한 전차가 4세대(일부에선 5세대라 분류) 전차라지만, 99식 전차도 중국의 최고 기술로 만들어낸 전차였다.

물론 지금은 러시아에서 구입한 20식 전차를 주력으로 삼고 있지만, 그래도 불안함은 여전했다.

화력에서는 밀리지 않아도 한국의 전차와 큰 차이점이 존재하기 때문이었다.

플라즈마 실드라 불리는 막강한 방어막이 바로 그것이었다.

때문에 중국군 내부에서는 최신형인 20식이라 해도 한국의 신형 전차는 상대할 수 없다는 판단을 내렸다.

이런 이유 때문에 위청산을 비롯한 중국 지도부 역시도 한국과의 마찰을 빚는 것을 피하고 있었다.

막말로 일본은 바다를 사이에 두고 있기에 한국과의 마찰이 생기더라도 외교적으로 해결할 수 있겠지만 중국은 그렇지 못했다.

막강한 한국의 육군 전력을 직접적으로 상대해야 하기 때문이었다.

그렇다고 핵무기를 사용할 수도 없는 것이, 한국에도 핵무기가 존재했다.

통일 과정에서 북한이 보유하고 있던 핵무기를 수용하며 국제사회의 승인까지 받게 된 것이다.

그런 탓에 비록 숫자는 적지만 한국이 보유한 핵무기의 1/3만 사용해도 중국 전역은 사람이 살 수 없는 불모의 땅이 되고 말 것이다.

중국으로서는 예전처럼 한국을 함부로 다룰 수가 없게 된 이유였다.

그런데 지금 일본은 무엇 때문인지 계속해서 한국을 언급하며 무언가를 종용하는 태도를 보이고 있었다.

과연 그들이 바라는 것이 무엇인지 위청산은 조용히 눈앞에 있는 일본인의 말에 귀를 기울였다.

"비록 한국이 한반도를 통일했다고는 하지만, 이제 겨우 3년입니다. 아직 북한 지역에는 통일을 반대하는 이들이 남아 있고, 중국과 우리 일본이 손을 잡는다며 충분히 한국을 거꾸러뜨릴 수 있습니다. 내부를 흔들고 외부에선 우리가… 그렇게만 된다면 아무리 한국이라도 두 손을 들 수밖에 없을 것입니다."

사사키는 말을 마치고는 비열한 미소를 지었다.

위청산은 사사키의 말을 들으며 뭔가가 자신의 머리를 치고 지나가는 듯한 느낌을 받았다.

그의 말대로 한국 내부에서 불만 세력이 궐기하여 내정을 불안하게 만들고 중국과 일본이 외부에서 흔든다면 충분히 가능성이 있어 보였다.

하지만 곧 고개를 흔들었다.

그 이유는 바로 한국과 동맹 관계인 미국의 존재에 생각이 미친 탓이었다.

미국은 세계의 경찰이라 자칭하면서 낄 데 안 낄 데를 구분하지 않았다.

자국의 이득과 조금이라도 연관이 있는 곳이라면 국제 평화라는 말을 앞세워 군사력을 투사하였다.

그런 탓에 위청산은 방금 전 사사키의 말에 잠시 흔들렸던 생각을 접었다.

"만약 당신의 말대로 이루어진다고 칩시다. 그럼 미국이 가만있을 것이라 생각하시오?"

너무도 당연한 위청산의 의문 제기에 사사키는 호탕하게 웃으며 입을 열었다.

"하하, 미국은 걱정하지 않으셔도 됩니다. 우리와 행동을 같이하지는 않겠지만, 그들의 원하는 것을 준다면 일련의 사태를 눈감아주겠다고 약조를 하였습니다."

사사키는 아직 결정이 나지도 않은 일을 마치 결론이 난 것처럼 포장해 말을 하였다.

위청산은 일본이 미국과 이미 협상을 끝낸다는 말에 눈을 동그랗게 뜨며 놀랐다.

"그, 그게 사실이오? 일본은 미국과 벌써 그런 협상을 끝낸 것이오?"

위청산은 도저히 믿을 수 없는 사사키의 말에 다시 한 번 확인을 요구했다.

사사키는 당황한 모습으로 재차 물어오는 위청산의 질문에 아무런 표정의 변화도 없이 대답을 하였다.

"물론입니다. 아무리 우리 일본이 한국에 위기의식을 느낀다고는 하지만 그래도 미국과 동맹인 한국을 도모하는 데 미국의 허가도 없이 무모하게 일을 추진하지는 않습니다."

너무도 단호한 사사키의 말에 위청산은 그만 속아 넘어가고 말았다.

"그게 사실이라면… 좋소, 그럼 우리와 함께 한국을 점령한다면 그 후 어떻게 한국을 분할할 것이오?"

위청산은 너무도 당황한 나머지 사사키의 말이 정말 사실인지 확인해 봐야 한다는 당연한 생각조차 하지 못했다.

그저 눈앞의 보물을 놓칠 수 없다는 듯 일본이 계획한 전쟁에 참여하겠다는 말을 하였다.

사사키의 말대로라면 한국을 점령하는 것을 너무도 당연한 일이었다.

그렇기에 앞으로의 일이 어떻게 흘러갈지 전혀 예상도 못한 채 전쟁이 끝난 뒤 한국을 어떻게 분할할 것인지 등을 논의하기 시작하였다.

◆　　　◆　　　◆

우웅!

"사신—1, 이번에는 초음속 비행입니다. 초음속 상태에서 기체 반응을 시험하겠습니다."

차세대 주력 전투기 X—4의 최종 시험비행.

이번 시험은 공군의 담당자도 참석하고 있는 탓에 한 치의 실수가 있어서는 안 되었다.

하지만 라이프 메디텍 파주 연구소의 비행 파트 연구원들이나 천하 항공의 엔지니어들은 전혀 긴장감을 느끼지 않았다.

사실 이번 시험은 그들에게 별 의미가 없었다.

공군 관계자가 점검을 하기 위해 요청한 탓에 시험비행을 할 뿐, 원래 계획된 최종 시험은 이미 예전에 끝나 있었다.

물론 공군 관계자가 이번 시험을 요청한 것에는 나름 중요한 이유가 존재했다.

현재 한반도를 둘러싼 정세가 불안하기 때문이었다.

그래서 군에서는 국군의 날을 맞이하여 대규모 군사 퍼레이드를 계획하였다.

이번 기회를 이용해 그동안 약세라 평가 받던 공군에도 최신 무기가 있음을 외부에 알리고자 일부러 점검 차원에서 X—4의 시험을 요구한 것이다.

X—4은 시험 기종으로 아직 다섯 대만 생산되었지만, 시작 단계부터 슈퍼컴퓨터의 시뮬레이션을 거쳐 가장 간단하면서도 안정적으로 설계를 하였기에 짧은 개발 기간임에도 조기에 성과를 보일 수 있었다.

더욱이 X—4에는 비밀 무기가 존재했다.

그것은 바로 투명화였다.

레이더에만 보이지 않는 것이 아니라 사람의 눈으로도 볼 수 없는 것이다.

눈에 보이지 않는 비행체는 이미 개발되어 있는 상태라 그 기술을 전투기에 인용하는 것은 그리 힘든 일도 아니었다.

지금까지 X—4의 시험을 지켜보는 공군 관계자의 표정은 무척이나 밝았다.

사실 대한민국은 차세대 주력 전투기를 스텔스 전투기로

못 박고 있었기에 참으로 난관이 많았다.

주변국들이 스텔스 전투기를 보유하거나 생산을 하고 있을 때, 대한민국은 스텔스 전투기 보유에 실패를 하였다.

그래서 뒤늦게나마 구매를 하려고 하였지만, 이번에는 예산이 문제였다.

미국의 F—35는 시간이 지나면서 문제점에 계속해서 발견되면서 설계 변경이 거듭 이루어졌다.

그에 따라 F—35의 개발비가 갈수록 늘어나게 된 것이다.

급기야 F—22의 보조를 위해 개발된 F—35의 가격이 F—22의 생산비에 육박할 정도로 늘어나는 웃지 못할 상황에까지 이르렀다.

차라리 조금 더 돈을 보태 F—22를 구매하는 것이 더 나을 정도였다.

상황이 그렇게 흘러가다 보니 미국도 F—35의 개발에서 손을 떼게 되었다.

물론 F—35의 개발사인 록히드 마틴 사에서는 로비를 통해 계속해서 개발 프로젝트를 진행하려 했다.

하지만 너무도 막대한 개발비 때문에 결국 그들도 프로젝트를 접을 수밖에 없었다.

육해공 통합 전투기로 개발하려던 계획을 철회하고, 각
군이 필요한 전투기를 개발하는 방향으로 선회한 것이다.

아무튼 그런 사정 때문에 대한민국의 스텔스 전투기 도입
계획은 물거품이 되고 말았다.

때문에 2027년이 되도록 대한민국 공군은 스텔스 전투
기를 한 대도 보유하지 못했다.

주변 4개국이 스텔스 전투기로 무장을 하고 있는 상황이
라 이는 큰 위험 요인이라 할 수 있었다.

그런데 지금 이 순간, 대한민국이 스텔스 전투기를 자체
적으로 개발한 것이다.

아니, 자체 개발한 스텔스 전투기는 그저 스텔스 기능만
있는 것이 아니었다.

대한민국이 보유하고 있는 최첨단 무기로 무장하여 그야
말로 일기당천(一騎當千)이요, 만부부적(萬夫不適)이었다.

공군 관계자는 X—4의 위용을 보면서 심장이 두근거림
을 느꼈다.

"대단하군요."

"당연한 일이죠. 지금부터는 화력 시험을 시연할 테니 이
번에는 더미(Dummy)를 준비해 주세요."

수한은 감격스러워하는 공군 관계자의 말에 미소를 지으

며 X—4의 화력 시험을 주문하였다.

수한의 지시에 엔지니어들은 미리 준비해 둔 비행 타깃을 운용하기 시작했다.

비행 타깃은 무인 비행체로, 3x3m의 몸체를 가진 델타형 드론이었다.

이 또한 천하 항공에서 준비 중인 무기로, 미국의 F/A—47이나 펜텀 레이, 영국의 타라니스에서 연구하는 무인 전투기에 대응하기 위해 시험 중인 기체였다.

다만, 아직 초기 단계라 크기는 절반 정도에 그쳤지만.

아무튼, 무인 드론 역시 X—4의 화력 시험을 위해 준비가 모두 끝났다.

이제 X—4의 역사적인 데뷔만이 남은 것이다.

8.
국군의 날 행사

쌔액!

은회색의 아름다운 동체를 가진 전투기가 하늘을 수놓듯 비행하고 있다.

쾅! 쾅!

슈슈슝!

전투기는 산의 한쪽 사면에 만들어진 표적에 미사일을 발사하더니 날렵하게 몸체를 틀어 들판에 서 있는 구형 전차며 장갑차 등의 표적에도 기총(機銃)을 발사하였다.

그런데 전투기의 기총 소음이 조금 이상했다.

보통 기총을 발사할 때는 화약이 터지는 요란한 소리가

들리는데, 이 전투기는 전방에 밝은 불꽃이 보이기는 하지만 그 어떤 소리도 들리지 않았다.

이는 전투기에서 발사되는 기총의 성능이 떨어져 그런 것이 아니었다.

기존 전투기에 장착되어 있는 기총과 종류가 다르기 때문이었다.

"대단하군, 대단해!"

"그렇습니다. X—4에서 발사하는 미사일의 성능도 대단하지만, 저 레일건이란 것이 더 무섭군요. 안 그렇습니까?"

망원경을 들어 X—4가 화력 시범을 지켜본 참관인들은 저마다 감격에 젖어 한마디씩을 내뱉었다.

좋아하는 장난감을 손에 넣은 아이처럼 뿌듯해하며 소감을 말하는 모습이 정말 보기 좋았다.

"총장님, 대단하지 않습니까?"

"그렇군요. 우리가 요구했던 것보다 훨씬 상회하는 성능입니다. 그런데 스텔스 성능은 어떻습니까?"

얼마 전, 공군의 X—4 프로젝트 담당자는 천하 항공에서 개발하는 X—4의 최종 성능 시험을 참관하고는 그야말로 입이 쩍 벌어져 합격점을 주었다.

그가 어떻게 보고를 올렸는지는 몰라도 얼마 지나지 않아 또 한 번의 성능 시험이 예정되었다.

이번에는 공군 참모총장을 비롯한 공군의 장성들까지 참관하고 있었다.

이 예비 시험은 국군의 날 행사를 위해 급하게 마련된 시범이었다.

대한민국 정부는 10월 1일, 국군의 날 행사를 대대적으로 홍보하였다.

그도 그럴 것이, 통일을 이룩한 뒤로 국민들을 하나로 모을 만한 계기가 아직은 그리 없었다.

남북한은 오랜 기간 분단된 상태로 대립을 해왔기에 처리해야 할 일이 한두 개가 아니었다.

사소한 언어나 행동양식은 물론, 뿌리 깊게 박힌 사상까지.

그런 모든 것을 수습하는 일 때문에 대한민국 정부는 그야말로 쉴 틈이 없었다.

그런 상황 속에서 일본은 또다시 대한민국의 통합을 방해하기 위해 꼼수를 부렸다.

마치 연례행사인 것처럼 이번에도 대한민국의 영토인 독도와 동해를 가지고 언론 플레이를 한 것이다.

독도를 대한민국이 불법점거를 하고 있다는 것, 그리고

대한민국이 주장하는 동해(東海)는 잘못된 표기라며 떠들어 댔다.

언제나 그래왔듯 반성이라는 것을 모르는 일본 정부였다.

늘 앞에서는 미래 협력을 떠들면서도 뒤로는 이렇게 영토 야욕을 드러냈다.

하지만 대한민국 정부는 예전과 달랐다.

예전에는 일본의 언론플레이에 아무런 반응도 하지 않고 조용히 넘어가려 하였지만, 이번 정부는 아니었다.

일본의 주장이 거짓이란 증거들을 가지고 하나하나 반박 해 나간 것이다.

사실 한국 정부가 가지고 있는 증거는 오래전부터 가지고 있던 것들이었다.

무엇 때문에 증거를 가지고 있으면서도 그동안 세계 언론 에 발표를 하지 않았는지…….

물론 그 이유를 전혀 알 수 없는 바는 아니지만, 어찌 되었든 이번에 대한민국 정부가 보여주는 모습은 그전과는 완전히 달랐다.

윤재인 행정부도 이제 몇 달 남지 않은 상황, 원래 이쯤 되면 정권 말기에 발생하는 레임덕 현상이 나타나야 함에도 그런 모습은 일절 드러나지 않았다.

모든 공무원이 그런 것은 아니지만, 어찌 되었든 아직까지도 많은 국민들의 지지를 받는 윤재인 대통령과 행정부였다.

열화와 같은 국민들의 지지 속에서 윤재인 대통령은 어리석은 일본의 책동에 맞서 대한민국의 힘을 보여줄 필요성을 느꼈다.

그런 의미에서 국군의 날 행사를 화려하게 열기로 하였다.

아울러 해군의 관함식 또한 함께 치르기로 마음먹었다.

많은 예산이 들어가는 행사이긴 하지만 대한민국의 군사력을 널리 알려야 할 필요성이 있었다.

현재 대한민국을 둘러싼 주변 정세가 심상치 않기 때문이었다.

중국의 은밀한 움직임이나 일본의 때 아닌 영토 논쟁.

그에 따라 빈번히 발생하는 주변국의 군사훈련은 윤재인 대통령과 정부 인사들을 긴장시키기에 충분하였다.

윤재인 대통령과 정부 관계자들은 국군의 날 행사를 통해 대한민국의 군사력을 세계에 알려 이들의 오판을 사전에 막으려 했다.

그래서 육군과 공군뿐 아니라 해군의 전력도 어느 정도

공개하려는 것이었다.

육군의 기계화 전력뿐 아니라 공군의 전력, 해군의 막강한 신형 전함들, 그리고 거기에 더해 항공모함까지 선보이려고 준비 중이다.

사실 육군과 해군은 최신예 무기들이 갖춰져 있지만, 상대적으로 공군의 전력은 주변국에 비해 열세였다.

대한민국은 3년 전에야 겨우 노후화된 구형 전투기들을 퇴역시키며 미군이 사용하던 F/A—18E/F 슈퍼 호넷 200대를 들여왔다.

물론 이런 공군의 전력이 약한 것은 아니다.

하지만 대한민국의 주변에 있는 나라들은 하나같이 초강대국이었다.

중국이나 러시아, 일본의 공중 전력에 비해 열세인 것은 두말할 필요가 없었다.

이들은 이미 스텔스 전투기를 자체 개발하여 전력화하고 있는 나라들이다.

이미 전력화가 끝난 나라도 있고, 아직까지 진행을 하고 있는 나라도 있지만, 그에 비해 대한민국은 아직 개발 단계에 있었다.

전력화까지는 몇 년이 더 걸릴지도 알 수 없는 노릇인 것이다.

일단 공중 전력이 압도적으로 수세인 상황에서 대한민국의 영공을 지키기 위해선 미국의 F—22 랩터처럼 공중 제압 전투기의 존재가 중요했다.

그렇기에 대한민국 공군에서는 X—4 프로젝트가 성공적으로 끝난다면 초기 모델 60대, 즉 네 개 비행단을 영공을 지키는 공중전 전용으로 구입할 계획을 세웠다.

그런데 지금 선보이고 있는 X—4는 공군의 요구를 훨씬 뛰어넘는, 그야말로 엄청난 물건이었다.

사실 의뢰가 들어왔을 때, 수한은 자신의 목표를 공중 제압 전투기와 다목적 전투기로 따로 구분하지 않았다.

수한은 처음부터 대한민국 공군이 어떤 상황이고, 또 어떻게 전투기를 운영하는지 잘 알고 있었다.

그런데 전투기란 것이 단시일에 개발할 수 있는 물건이 아니기에 고민을 하다 미국에서 들여온 F/A—18E/F 슈퍼 호넷을 베이스 삼아 X—4를 개발한 것이다.

덕분에 개발은 무척이나 빠르게 진행되었다.

물론, 베이스로 삼은 것이지, 카피를 한 것은 아니었다.

전투기를 만드는 소재부터 새로운 것을 이용했다.

강하면서도 가벼운 소재를 새로 개발하였고, 애프터버너

없이 음속을 넘나들 수 있는 엔진도 개발했다.

뛰어난 머리뿐만 아니라 이 세상에서 유일하게 마법이란 이능을 가지고 있기에 가능한 일이었다.

아무튼 그런 과정을 거쳐 과학과 마법을 조합한 세계 유일의 전투기가 완성된 것이다.

물론 본격적으로 생산하려면 계속해서 수한의 손길이 필요하겠지만, 그것은 나중의 일이었다.

"이 정도면 국군의 날 행사에서 우리 공군의 힘을 충분히 세계에 알릴 수 있겠습니다."

짝짝짝!

참모총장의 말에 주변에 있던 공군 관련자들뿐 아니라 X—4의 시험을 돕기 위해 나온 엔지니어와 연구진들 모두 박수를 쳤다.

심양의 한 여관.

인민공 복장을 한 남자 둘이 이야기를 나누고 있었다.

"동무, 그 말이 사실이오?"

"그렇소. 이 일만 성공한다면, 당신과 당신의 부하들을 우리 인민으로 인정해 줄 뿐만 아니라 원한다면 인민군 사령관의 자리도 주겠소.”

두 사람이 나누는 대화 내용은 심상치 않았다.

언급하는 보상이란 것이 요구의 대가라고 하기에는 너무도 엄청났다.

단순히 돈을 주는 것이 아니라 어떤 지위를 약속하는 것이었기 때문이다.

보통 대가가 크다는 것은 해야 할 일도 그만큼 위험한 것이 당연했다.

아니나 다를까, 유창하게 중국 말을 하는 남자의 요구가 이어졌다.

“10월 1일 행사장에서 이것을 폭파시키시오.”

작은 가방처럼 보이는 것을 들이밀며 남자는 앞에 앉은 상대에게 말을 하였다.

가방에는 누가 봐도 알 수 있는 마크가 찍혀 있었는데, 그것은 바로 핵물질을 나타내는 표시였다.

그것을 본 남자는 깜짝 놀랐다.

“설마 핵 배낭을 행사장에서 터뜨리라는 말입네까?”

“뭘 그런 것을 가지고 놀라고 있소? 인민 해방을 위해서라면 강력한 한 방으로 저들을 물리쳐야 하지 않겠소?”

"음……."

중국인은 깊은 생각에 잠긴 듯 말이 없는 남자를 지그시 쳐다보다 다시 한마디를 던졌다.

"언제까지 산속에 숨어 있을 것이오?"

그 말에 남자의 눈빛이 달라졌다.

예전 북한 정권이 존재하고 있을 때, 그는 비록 권력 서열 100위 안에 들지는 못하였지만 많은 혜택을 누렸다.

출신 성분도 성골이라 이후에 별을 달고 권력의 핵심으로 들어가는 것은 맡아놓은 상태였다.

하지만 한반도가 통일되면서 남자의 미래는 바뀌었다.

하루아침에 인생이 역전된 것이다.

찬란했던 미래는 끈이 떨어져 버렸고, 남자는 살아남기 위해 부하들을 이끌고 금강산으로 들어갔다.

사실 남자가 금강산으로 들어간 것은 나름 계산한 바가 있어서였다.

기습을 해온 남한의 군대를 잠시 피하면 중국이 나서서 북한을 해방시켜줄 것이라 생각했기 때문이다.

그리고 그의 예상대로 중국이 나서긴 하였다.

하지만 이어진 결과는 전혀 달랐다.

막강한 중국의 심양 군구 병력이 압록강을 틀어막은 대한민국 국군을 뚫지 못하고 오히려 반격을 당해 지리멸렬(支離滅裂)한 것이다.

정말로 누구도 예상하지 못한 결과였다.

아무튼 중국인의 말에 사내는 결심을 내렸다.

"그럼 약조를 해주시라요."

"뭐요?"

"이걸 터뜨리면 나와 부하들을 대륙에서 살게 해주시라요. 그리고 우리가 정착할 수 있게 지원을 해주시라요."

남자는 이미 마음의 결정을 내렸기에 확실한 약속을 받아내기로 하였다.

"알겠소. 당신이 그 일만 해준다면 우린 당신의 요구를 모두 들어줄 것이오."

"알갔시오. 그럼 맡겨주시라요."

남자는 비장한 태도로 핵 배낭을 자신 앞으로 끌어안았다.

그런 남자의 모습을 보며 중국인은 차갑게 미소를 지었다.

커다란 다다미방.

많은 이들이 무릎을 꿇고 앉아 누군가를 기다리고 있었다.

스륵!

조용히 문이 열리고 일본 전통 의상을 입은 나루히토가 안으로 들어왔다.

"모두 모였나?"

"하이!"

가장 상석에 자리한 나루히토는 굳은 표정으로 좌중을 한 번 둘러보고는 말했다.

"구로다, 보고하라."

"하이!"

나루히토의 지명에 구로다 총리가 얼른 보고를 하기 시작하였다.

"신국의 미래를 위한 황제(皇弟) 폐하의 명령을 받들어 대동아 경영을 위한 첫걸음으로 조선을 치기로 하였습니다. 그 일환으로 중국과 협상을 하였는데, 중국은 자신들과 선을 대고 있는 구북한군을 조종해 조선에서 테러를 일으킬 계획입니다. 10월 1일, 그들의 군사 퍼레이드를 할 때 폭탄을 터뜨릴 예정이라고 합니다. 우리는 중국이 일을 벌인

후에 독도(다케시마)를 빌미로 혼란한 조선에 선전포고를 할 것이고, 마이즈루의 해군 3함대와 사세보의 2함대가 독도(다케시마)와 울릉도, 그리고 동해로 출동할 것입니다. 뿐만 아니라 쿠레의 5함대는 조선의 제주도를 공격할 것입니다. 1함대와 4함대는 혹시 모를 러시아의 극동 함대를 막기 위해 대기할 것입니다."

구로다 총리의 말을 들은 나루히토는 문득 의문을 제기했다.

"그런데 굳이 중국을 이번 일에 끌어들일 필요가 있나?"

나루히토는 한국을 침공하는 일에 중국을 끌어들이는 것이 못내 마음에 들지 않는 듯했다.

그런 나루히토의 질문에 구로다는 침착하게 대답을 하였다.

"그것은 어쩔 수 없는 선택입니다. 비록 저희 대일본국의 군대가 막강하기는 하지만, 조선의 군사력 또한 우리에 뒤지지 않습니다. 더욱이 조선을 정벌하기 위해선 상륙을 해야 하는데, 저희의 육군 전력으로는 조선의 육군 전력을 제압할 수가 없습니다."

구로다 총리는 완곡한 표현을 썼지만, 이 자리에 모인 사람들 중 어느 누구도 구로다 총리의 말에 반박하는 이가 없었다.

그도 그럴 것이, 대한민국의 육군은 일본 육군이 보유한 신형 전차에 버금가는 중국의 98식, 99식 전차를 상대로 압록강에서 압승을 거뒀다.

그 결과, 중국은 대패를 하고 굴욕적인 조약으로 협상을 끝냈다.

당시 중국군의 98식이나 99식 전차보다 월등한 25식이라 해도 플라즈마 실드로 방어력이 월등한 한국군의 K—3를 어떻게 할 수는 없었다.

더욱이 일본 육군의 25식 전차는 숫자에서도 K—3에 밀리고 있어 사실상 일본 육군의 전력으로는 대한민국의 육군을 어떻게 할 수 없었다.

그나마 우세한 공군의 지원이 있으면 어떻게 싸워볼 만하겠지만, 그것도 대한민국 육군이 신형 휴대용 미사일과 지대공 미사일 전력에서 우세하기에 여의치 않았다.

그런 이유로 구로다는 한국을 점령하기 위해선 많은 준비가 필요하며, 일본 단독으로는 한국을 어떻게 할 여지가 없기에 중국을 끌어들인 것이라 설명했다.

막강한 한국의 육군을 잡아둘 패로 중국군을 이용하겠다는 의미였다.

"조선의 육군은 너무도 막강합니다. 미국은 오래전 세계 최강의 육군을 보유한 러시아를 막기 위해 조선의 육군을 지원해 주었습니다. 명목은 북한을 들었지만, 사실상 부동항을 찾기 위해 남하하는 소련을 견제하기 위한 수단으로 조선의 육군에 많은 지원을 해주었습니다. 물론 그런 이유로 우리 일본의 해군을 키워주기도 했지만, 그 모든 것이 미국이 자국의 이득을 위해 벌인 일이기도 했습니다. 아무튼 그런 이유로 중국이 조선의 육군을 상대할 때, 저희는 막강한 해군 전력을 이용해 조선의 동부와 남부를 동시에 치고 들어간다면 중국보다 더 빠른 시간 내에 조선을 정복할 수 있을 것이라 판단하였습니다."

"좋아. 아주 좋은 계획이다, 구로다."

"감사합니다."

구로다는 나루히토의 명령으로 한반도 침공을 준비하는 과정에서 군 작전참모들에게 전쟁 계획을 수립하라고 지시를 내렸다.

그리고 조금 전, 그가 나루히토에게 설명을 했던 것처럼 일본 단독으로는 통일 한국의 군대와 전면전을 벌여봤자 일본에 유리할 것이 없다는 결론을 내렸다.

아무리 막강한 해군과 공군이 있다고는 하지만, 한국은

해군과 공군을 지원하는 미사일 전력에서 일본을 앞서고 있었다.

그 모든 것을 극복하고 한국을 점령다고 해도 그렇게 해서는 중국에게 어부지리를 내줄 뿐이란 결론이었다.

슈퍼컴퓨터를 이용한 워 게임에서도 같은 결과를 얻었다.

그래서 구로다와 군 작전참모들은 한반도를 침공하는 것에 중국을 끌어들였을 때의 상황을 슈퍼컴퓨터에 입력해 보았다.

그런데 도출된 결과값이 놀라웠다.

중국을 끌어들인다면 100%의 성공률을 보이는 것이었다.

슈퍼컴퓨터의 결과에 고무된 구로다와 작전참모들은 어떻게 했을 때 전쟁 후에 자신들이 최고의 결과를 얻는지도 연구하였다.

그리고 나온 결론이 바로 조금 전 나루히토에게 보고한 작전 계획이었다.

중국이 테러를 일으켜 혼란을 야기시키고 한국과 전쟁이 붙었을 때, 일본이 영토 문제를 내세워 한국에 선전포고를 하고 독도와 동해, 제주도를 비롯한 대한민국의 남부에 전력을 투사해 빠르게 점령을 해 나간다는 것이다.

이미 대한민국의 육군 전력을 상대해 보았기에 중국군이 쉽게 압록강을 건너지는 못할 것이다.

그러니 중국군이 압록강을 건너기 전에 일본이 먼저 점령한다면 충분히 한반도 전체를 일본이 차지할 수 있을 것이라 예상되었다.

물론 그 후에 먹잇감을 놓친 중국과 심각한 대립각이 세워질 것이 분명하지만, 그건 걱정이 없었다.

자신들의 뒤에는 세계 최강 미국이 있으니 말이다.

그런 일을 예상하고 구로다는 이미 미국에 손을 써두었다.

물론 전쟁이 끝난 뒤 충분한 보상을 해준다면 중국이 그냥 넘어갈지도 모를 일이었다.

뺨뺨뺨!

우웅!

척! 척! 척!

황해도 개성은 대한민국이 통일되고 난 후에 급격히 발전해 나가고 있었다.

고려의 왕도였던 이곳에서 대한민국 정부는 자국의 군사력을 세계에 알리기 위해 국군의 날 군사 퍼레이드를 계획하였다.

　퍼레이드에 참여하게 된 군인들은 오와 열을 딱딱 맞춰 절도 있는 모습으로 국민과 귀빈들이 보는 앞에서 그 자태를 뽐냈다.

　— 장내에 계신 귀빈과 국민 여러분, 지금 단상을 지나가고 있는 부대는 대한민국 육군의 최정예 부대인 제1기계화사단입니다.

　"와!"

　장내의 아나운서가 퍼레이드를 하는 부대가 단상 앞을 지날 때마다 부대 명을 알려주었다.

　그럴 때면 퍼레이드를 구경하던 국민들은 일제히 환호성을 터트리고 태극기를 흔들며 호명된 부대를 열렬히 환영해 주었다.

　열화와 같은 국민들의 성원에 퍼레이드를 펼치는 군인들은 만면에 미소를 지으며 절도 있는 모습으로 행진을 해 나갔다.

　육군 의장대를 시작으로 헌병대, 그리고 정예 보병 사단 등이 순서에 입각해 차례대로 도로 위를 지나갔다.

그리고 그들의 뒤를 대한민국 최신예 무기들이 따랐다.

— 지금 보시는 것은 2024년에 개발되어 대한민국 육군의 주력 전차가 된 K—3 백호 전차입니다. 백호 전차는 세계 최강의 전차로서 130밀리 주포에 2천 밀리 두께의 강철도 관통할 수 있는 위력을 가지고 있습니다. 그리고 2천 마력의 엔진을 탑재하고 있으며, 특히나 세계 최초로 상용화된 플라즈마 실드 발생 장치를 구비하고 있어 승무원들의 생존을 극대화시킨 전차입니다. 여러분, 정예 2기갑 사단의 백호 전차 부대를 뜨거운 박수로 환영해 주십시오.

다시 한 번 장내 아나운서의 피를 토하는 것과 같은 열정적인 멘트가 터지며, 그에 따라 하얀 바탕에 얼룩무늬가 돋보이는 전차가 단상 앞을 지나갔다.

사실 육군은 이렇게 눈에 띄는 도색을 하지 않는다.

다만, 이번 국군의 날 행사를 위해 특별히 흰 바탕에 검정 줄무늬로 도색하여 K—3 백호라는 이름에 걸맞게 모습을 꾸민 것이었다.

K—3 백호의 당당한 모습에 국민들은 물론이고, 단상에 있는 국내외의 귀빈들은 하나같이 놀라워했다.

하얗게 도색한 육중한 전차의 위용은 보는 것만으로도 가슴을 떨리게 하는 무언가가 있었다.

그렇게 K—3 백호 전차가 단상 앞을 지나가고, 그 뒤를 이어 KF—300 장갑차가 위용을 드러냈다.

전차와 다르게 뭔가 좀 가벼워 보이는 느낌이 없잖아 있지만, KF—300은 또 다른 강력한 느낌을 선사해 주었다.

차체 상부에 달려 있는 무인 포탑과 다목적 미사일 발사기를 달고 있는 모습이 무언가 섬뜩함을 자아내는 것이었다.

— K—3 백호 전차의 뒤를 이어 개발된, 대한민국의 또 다른 신무기인 KF—300 장갑차입니다. KF—300 장갑차는 차륜형과 궤도형, 두 가지 버전이 있는데, 지금 보시는 것은 그중 차륜형 장갑차로, 도심 시가전을 상정해 방위 산업체인 천하 디펜스에서 개발한 장갑차입니다. 무장으로는 30밀리 기관포와 다목적 미사일 런처를 장착하여 임무에 따라 무기를 호환할 수 있는 장점을 가지고 있습니다.

아나운서는 계속해서 대한민국 육군의 신형 무기들의 제원과 그 성능에 대하여 설명하였다.

그런 아나운서의 멘트가 나올 때마다 여기저기서 탄성이 절로 터져 나왔다.

그와 동시에 이번 국군의 날 행사에 초청된 각국 대사나 귀빈들은 퍼레이드에 등장한 신무기들에 대한 구매 문의를 하느라 바쁘게 움직였다.

그도 그럴 것이, 단상 앞을 지나가는 대한민국 육군의 첨단 무기들의 제원은 상상도 하지 못할 정도로 성능이 뛰어났다.

더욱이 이 자리에 있는 귀빈들은 대한민국 방위산업체의 기술력을 너무도 잘 알고 있었다.

사실 대한민국의 군사 무기들은 가격 대비 그 성능이 좋기로 유명했다.

기본 화기인 소총에서부터 대한민국의 각종 군사 장비들은 값싸면서도 그 질은 무척이나 좋았다.

때문에 예산이 부족한 나라들은 미국이나 독일 등의 비싼 무기보다 값이 싸고 신뢰성이 뛰어난 한국산 무기를 구매하였다.

그런데 지금 미국이나 독일 등 선진국의 무기를 능가하는 제품들을 보며 눈이 뒤집히지 않는 것이 오히려 이상할 정도가 아니겠는가.

더욱이 이들 신무기가 몇 개월 전 IS로부터 쿠웨이트를 해방시키는 데 중요한 역할을 했던 장비들이란 것을 뒤늦게 알게 되었다.

귀빈들은 이제 퍼레이드를 지켜보는 것이 아니라 대한민

국 정부 관계자들에게 달려가 방금 전 본 무기들의 구매 의사를 타진하고 있었다.

"장관님, 저기… 방금 전에 K—3라 불린 전차를 40대 구매하고 싶습니다."

"김 장관님, 저희가 먼저 구매하겠습니다. 전차 50대와 방금 전에 지나간 장갑차 60대를 구매하겠습니다."

귀빈석에서 때아닌 소란이 일었지만, 곧 정리가 되었다.

윤재인 대통령이 나서서 일단 그들을 진정시켰기 때문이다.

그런데 단상 안에 앉아 있는 귀빈 중에 유독 표정이 어두운 이들이 있었다.

그들 일부는 일본 대사와 그 보좌관들로, 사실 그들은 행사에 참석할 때부터 표정이 좋지 못했다.

다른 나라의 행사에 초대되었으면 개인적으로 안 좋은 일이 있었더라도 밝은 표정을 유지해야 할 것인데, 무엇 때문인지 그들의 표정은 밝지 못했다.

그리고 그들과 조금 떨어진 곳에 자리한 중국의 귀빈들도 마찬가지였다.

그들은 일본 측과는 반대로 살짝 고개를 들고, 마치 아이들 재롱을 보듯 내려다보는 듯한 표정으로 일관했다.

다만, 조금 전 2기갑 사단의 K—3 백호 전차가 단상 앞을 지나갈 때는 무척 표정이 좋지 못했다.

그도 그럴 것이, 3년 전 저들로 인해 중국의 최정예 부대인 심양 군구 기계화군단이 괴멸당했기 때문이다.

그 영향으로 중국 공산당 내부에서 대대적인 숙청이 있었으며, 날로 팽창을 추구하던 중국이 그때를 계기로 팽창 정책을 포기하게 되었다.

자신들에게 아픈 기억을 되새기게 만든 부대와 전차를 보게 된 중국인들의 표정이 굳어지는 것은 어쩌면 당연한 일이었다.

◆　　　◆　　　◆

군사 퍼레이드를 지켜보던 일본 대사관 직원 중 한 명이 자리에서 일어나 단상 밖으로 나갔다.

중국 대사관 직원이 밖으로 나가는 모습을 보고 그의 뒤를 따르는 것이었다.

그는 빠른 걸음으로 중국 대사관 직원에게 따라붙었다.

"난 일본에서 온 사이고 다카모리라고 합니다."

목에 걸린 명찰에는 분명 나카모토 아오키라고 적혀 있지만, 그는 자신을 일본의 정보기관인 NNSA의 수장이라 말하고 있었다.

사이고를 마주한 중국인은 눈을 반짝였다.

"반갑소. 중화 인민 공화국 국가안전부(MSS)의 리정안이라 하오."

나카모토 아오키가 NNSA의 수장인 사이고 다카모리의 변신이었던 것처럼 그도 그저 단순한 중국 대사관 직원이 아니라 중국 공산당의 정보 부서인 MSS의 부부장인 리정안이었다.

"반갑습니다. 그런데 언제 일을 시작할 것이오?"

사이고 다카모리는 긴장한 표정으로 다급하게 물었다.

"음, 앞으로 한 시간 뒤에 일을 시작할 것이오."

리정안은 자신의 시계를 들여다보며 침착하게 대답을 하였다.

"참, 이번 일에 핵 배낭을 사용할 예정이니 확실하게 폭발 범위를 벗어나 있는 것이 좋을 것이오."

리정안은 비릿한 미소를 지으며 마치 배려라도 하는 것처럼 말을 이었다.

그런 리정안의 말에 사이고는 경악했다.

"뭐요? 설마 이 일에 핵을 사용한다는 말이오?"

비록 말소리를 죽이기는 했지만, 그의 목소리에는 참을 수 없는 분노가 담겨 있었다.

물론 사이고 다카모리가 화를 내는 이유는 핵폭발로 희생될 한국인들을 걱정해서가 아니었다.

나중에 점령할 이 땅이 오염되는 것 때문이었다.

중국과 손을 잡고 한국을 도모하기로 했지만, 사실 사이고 다카모리는 결코 중국과 나눌 생각이 없었다.

오히려 기회만 된다면 오래전 그랬듯 만주와 중국 대륙까지 진출할 계획이었던 것이다.

물론 현실적으로 식민지를 건설할 수는 없겠지만.

일본은 지진과 화산폭발, 그리고 쓰나미와 같은 자연재해가 끊이지 않는, 일본 본토를 벗어난 안전한 땅을 갈구해 왔다.

그런 일본인들에게 한반도는 신의 축복을 받은 지상낙원과도 같았다.

물론 한반도 내에도 지진 발생이 늘어나고 있지만, 일본인이 보기에는 그건 지진도 아니었다.

진도 5 이상의 지진은 거의 없고, 대부분이 보통 사람은 느끼지도 못하는 진도 3 이하의 것이었다.

그로 인해 일본이 오래전부터 한반도를 호시탐탐 노리는

것이기도 했다.

그런데 지금 한반도의 허리에 해당하는 지역에 핵폭탄을 터뜨리겠다고 하고 있으니 그로서는 화가 날 수밖에 없었다.

하지만 지금 와서 막을 수는 없는 일이었다.

'혹시 우리의 계획을 알고 그러는 것인가?'

사이고 다카모리는 방금 전 리정안의 말을 듣고 문득 의심이 들었다.

하지만 이내 마음을 돌렸다.

중국의 정보력은 그리 대단한 것이 못 된다는 것을 알기 때문이다.

"그 정도는 해줘야 한국이 정신을 차리지 못할 것 아니오?"

"음……."

너무도 뻔뻔스러운 리정안의 말에 사이고 다카모리는 자신도 모르게 신음을 흘렸다.

자신도 조국을 위해 물불을 가리지 않는다고 하지만, 지금 눈앞에 있는 리정안은 자신들을 넘어설 만큼 삐뚤어진 정신의 소유자였다.

현재 한국군의 군사 퍼레이드를 지켜보기 위해 이곳에 모인 사람의 숫자만 해도 거의 100만에 육박할 정도였다.

그런데 아무리 소형이라고 하지만 핵폭탄을 터뜨리게 된다면 그 누구도 폭발의 범위에서 벗어날 수는 없을 것이다.

그런데도 리정안은 아무런 거리낌 없이 핵폭탄을 폭발시키겠다고 말을 하고 있다.

"알겠소. 그럼 그다음 단계는 어떻게 할 것이오? 바로 실행을 할 것이오?"

사이고는 두근거리는 심장을 진정시키듯 한차례 심호흡을 하고 다음 계획에 대하여 물었다.

그런 사이고의 질문에 리정안은 차가운 표정으로 대답을 하였다.

"우리 인민군은 작전 시각에 맞춰 선전포고를 하고 압록강을 넘을 것이오."

리정안은 마치 판사가 선고를 내리듯 확고하게 대답을 하였다.

참으로 과감한 중국이 아닐 수가 없었다.

아무리 핵폭탄이 터진다 해도 국경의 경비는 평소와 다를 것이 없을 것인데 바로 진격을 하겠다니.

사이고는 중국을 과감하다고 해야 할지, 아니면 결단력이 빠르다고 해야 할지 갈피를 잡을 수가 없었다.

"알겠소. 그럼 우리도 당신들에 맞춰 선전포고를 하겠소."

서로 할 말을 끝낸 두 사람은 각자 자신이 있던 자리로 돌아갔다.

하지만 이 두 사람은 자신들이 은밀하게 주고받은 이야기를 누군가 듣고 있을 것이라고는 전혀 생각하지 못했다.

번쩍번쩍.

거리에는 오색 색종이들이 휘날렸다.

간간이 섞여 있는 은박지 조각으로 인해 햇빛이 반사되어 행사를 더욱 돋보이게 했다.

많은 사람들이 손과 손에 태극기를 들고 거리로 나와 함성을 지르고 태극기를 흔들었다.

― 지금 지나가는 부대는… 박수로 맞이하여 주십시오.

짝! 짝! 짝!

아나운서의 멘트에 사람들은 마치 조종을 당하는 인형처럼 그에 맞게 박수를 치고, 또 태극기를 힘차게 흔들었다.

마치 축제의 현장처럼 사람들의 얼굴 가득 행복한 미소가 가득했다.

그런데 그런 사람들과 별개로 약간은 어두운 표정을 짓고 있는 허름한 행색의 이들이 있었다.

지금은 찾아보기 힘든 노숙자와 비슷한 행색.

사실 그런 모습은 통일 직후의 북한 지역에서 곧잘 보이던 것이었다.

하지만 남과 북이 통일되고 3년이나 지난 현재에 이르러 그런 모습은 북한 지역에서도 찾아보기 힘들었다.

그 이유는 남한의 많은 자선단체와 기업들이 이들을 수용하면서 주민들의 삶이 많이 윤택해졌기 때문이다.

비록 남과 북의 인건비에 대해 아직도 개선돼야 될 부분이 남아 있긴 하지만, 일단 군정이 실시되고 있는 북한 지역에서의 물가는 남쪽에 비해 무척이나 안정적이었다.

그러다 보니 비록 상대적으로 적은 월급이지만 오히려 삶의 질은 그리 뒤지지 않았다.

그리고 그런 효과는 예전 북한 정권이 있을 때보다 훨씬 더 안정감을 주었다.

누가 돈이 많다고 신고할 사람도 없고, 사상적으로 불온하다고 잡혀갈 일도 없다 보니 사람들의 표정에서부터 행복이 묻어났다.

그런 행복이 쌓이고 쌓여 이번 국군의 날 행사도 이곳 주민들에게도 대대적인 환영을 받고 있는 것이다.

지금의 행복이 영원하길 바라며 자신들을 지켜줄 군대가 강력했으면 하는 바람은 당연했다.

그러니 퍼레이드를 하는 군인들과 부대가 앞을 지나가자 열렬히 환영하며 환성을 지르는 것이었다.

그런데 대다수의 사람들과 다르게 노숙자 같은 차림을 하고 있는 자들의 면면은 무척이나 고되고 피곤해 보이는 모습이었다.

게다가 낡은 복장에 비해 깨끗한 가방 하나를 메고 있는 모습은 무척이나 이질적이었다.

"군관 동무, 이 일만 성공하면 정말로 우리 모두 가족들에게 돌아갈 수 있는 거디요?"

"내 몇 번이나 말하디 않았나? 이번 과업만 성공적으로 행하면 우리 모두 행복하게 중국에서 배때기 두드리며 떵떵거리고 살 수 있다 안 카디?"

"알갔시요."

질문을 하던 남자는 군관 동무라 불린 이가 건네준 배낭을 둘러멨다.

그에 군관 동무라 불린 이가 살짝 인상을 구겼다.

배낭이 터졌을 때 어떤 결과가 발생할지 너무도 잘 알고 있는 사내로서는 자신을 믿고 있는 부하를 속인다는 것이 못내 미안했다.

하지만 언제까지 이렇게 살 수는 없었다.

오래전 풍족했던 삶으로 다시 되돌아가고 싶은 욕망에 그는 지금까지 자신을 믿고 따르던 부하를 버리기로 단호하게 마음먹었다.

"시간 잊지 않았지비?"

남자는 혹시라도 부하가 실수라도 할까 봐 물었다.

"11시 30분에 폭파하는 것 아닙네까?"

"그래, 잘 알고 있고만, 그럼 우리는 자리에 가 있을 테니, 동무는 약속된 시간에 폭탄을 폭발시키라우."

"알갔시오. 맡겨주시라요."

이야기를 마친 이들은 사람들의 눈치를 살피며 현장을 빠져나갔다.

그런데 사실 이들의 행동을 처음부터 지켜보는 이들이 있었다.

행색이나 언동이 무척이나 수상한 이들이 있다는 신고에 출동한 사복 경찰들이 이들을 주시하고 있었던 것이다.

◆　　　◆　　　◆

"충성!"

"충성, 무슨 일인가?"

개성 경찰서 서장인 김춘배는 피곤한 표정으로 자신에게 경례를 하는 부하를 돌아보며 물었다.

"예, 봉동역 쪽에 수상한 부랑자들이 있다는 제보를 받았습니다."

"그래? 음, 일단 그들을 조용히 잡아들이고 신원 조회를 해봐."

"알겠습니다."

"국군의 날 행사 때문에 귀빈들이 많이 왔으니 너무 소란스럽지 않게 조심하고."

김춘배는 개성에서 대대적인 행사가 펼쳐지는 것 때문에 준비를 하느라 무척이나 피곤하였다.

통일 이후 급속한 발전을 하고 있다고는 하지만, 예전 북한 노동당이 집권하고 있을 때 평양과 몇몇 주요 도시를 빼고 그리 관리를 하지 않아 아직 갈 길이 먼 상태였다.

다만, 남북 합작 사업인 개성 공단이 들어서며 어느 정도 발전을 하였지만, 그래도 다른 도시들과 그리 다를 것이 없을 만큼 작은 도시였다.

그런데 한 달 전, 개성에서 국군의 날 행사를 진행할 것이며, 국내외로 선전을 하기 위해 크게 행사를 벌일 것이란 통보를 받고 부랴부랴 준비를 하느라 잠도 제대로 자지 못하며 며칠간 야근을 하였다.

그래서 간신히 행사 준비를 마칠 수 있었다.

사실 행사를 하다 보면 가장 문제가 되는 것이 바로 치안이었다.

이제 서서히 군에서 경찰에게 치안 역할이 넘어오는 시점에서 치안에 문제가 발생한다면 자신의 인사 고과에 두고두고 남을 것이 분명했다.

그래서 최대한 소란 없이 행사가 마무리되기를 바라는 김춘배로서는 모든 게 조용히 처리하길 원했다.

그리고 그로 인해 어떤 일이 벌어질지 명령을 내리는 김춘배도, 그리고 그의 명령을 받은 형사과장도 지금은 알지 못했다.

〈『그레이트 코리아』 제13권에서 계속〉

그레이트 코리아

1판 1쇄 찍음 2015년 12월 7일
1판 1쇄 펴냄 2015년 12월 14일

지은이 | 정사부
펴낸이 | 정 필
펴낸곳 | 도서출판 **뿔미디어**

기획 · 편집 | 문정흠

출판등록 | 2002년 9월 11일 (제1081-1-132호)
주소 | 경기도 부천시 원미구 소향로 17번길(두성프라자) 303호 (우) 14544
전화 | 032)651-6513 / 팩스 032)651-6094
E-mail | bbulmedia@hanmail.net
홈페이지 | http://bbulmedia.com

값 8,000원

ISBN 979-11-315-6906-1 04810
ISBN 979-11-315-6125-6 04810 (세트)